新装版

追いつめられて

小池真理子

祥伝社文庫

目次

窓辺の蛾《が》

門をくぐると、土塀の内側に、子供の手の平ほどもあるスズメ蛾《が》がぴたりと張りついているのが見えた。一匹ではない。ざっと数えただけでも三匹いる。

橋爪洋介《はしづめようすけ》はぞっとして目をそらした。この分だと、庭のいたるところにこいつらが張りついているのではなかろうか。

スズメ蛾が庭に大量発生したことに気づいてから、かれこれ一週間になる。義母もこんなことは今まで一度もなかった、と気味悪がっていた。

なにしろ戦前からある古い家と古い庭である。木造の二階家のほうは、洋介が玲子《れいこ》と結婚してここに住むようになってから、一部を改築し、体裁だけを整えたが、庭にはまだ手をつけていない。雑木林のように樹木が密生した暗い庭は、歩くのさえ鬱陶《うっとう》しく、とても庭いじりなどする気にはなれなかったのだ。

梅雨《つゆ》が長引いたせいで、この夏は早くから蚊《か》に悩まされていたものだが、まさかスズメ蛾が大量発生するとは思ってもみなかった。

業者を雇って殺虫剤でも噴霧してもらわなくちゃならないな、と洋介は思った。あんなでかいのが、鱗粉《りんぷん》をまきちらしてると思うとぞっとする。

玄関の前に立ち、チャイムを鳴らすと、義母の春江《はるえ》が出て来た。洋介は土塀に蛾が三匹もいましたよ、と報告した。いやだこと、と春江は顔をしかめた。

妻の玲子は初めての出産に備えて十日前から入院中だった。もともと身体《からだ》があまり強くない玲子は、ひどいつわりに悩まされたあげく、切迫流産の可能性があるというので、予定日の一カ月前から入院することにしたのである。

「帰りに玲子の見舞いに行ってきました」洋介は、着ていた麻の白いジャケットを脱ぎながら言った。「じっとしてなくちゃいけないのが辛《つら》そうだったけど、あの分じゃ大丈夫でしょう。退屈だって言うからすっかりお喋《しゃべ》りの相手をさせられてしまった」

ご苦労さま、と春江はにこやかに言い、彼のために冷《し》たい麦茶を入れたグラスを持って来た。黒っぽい絽《ろ》の着物を着て、きりりと草色の帯を締めている。六十四になる義母が、寝間着のままだらしなく背中を丸めている姿は見たことがなかった。常にきちんと和服を着て、背筋もぴしりと伸ばし、俳句の会だの、長唄の会だのに出て人生を謳歌《おうか》している。春江が愚痴《ぐち》っぽい、ただの口うるさい未亡人だったら、俺も玲子と結婚した後、ここで同居することには同意しなかったろう、と洋介はいつも思うのだった。

「今日も暑いこと」春江はまげに結《ゆ》った白髪まじりの髪に手を当て、彼の正面に座った。

暑いですね、と洋介は応《こた》えた。

畳の間に籐《とう》のカーペットを敷き、そこに洋風のテーブルと椅子《いす》を置いた部屋は、クーラーがないにも拘《かか》わらず、ひんやりと居心地《いごこち》がよかった。縁側の軒先《のきさき》で南部《なんぶ》鉄の風鈴《ふうりん》が揺れ、軽やかな音をたてた。

「暑い盛りに出産だから、玲子のやつ、心配してましたよ。僕も初めての経験だからてんやわんやですし。お義母《かあ》さんがいてくれてほんとによかった、ってふたりで話してたところです」

春江は優雅に微笑《ほほえ》んだが、それきり何も言わなかった。視線が宙に浮き、あらぬ方角を見つめて、また元に戻った。様子がおかしいな、と思った洋介は、義母の顔をちらりと見た。

春江はマナーの手本のようにぴんと背筋を伸ばして両手を軽くテーブルの上に載《の》せると、意味ありげに、ふふふ、と笑った。

「あなたも隅におけないのね、洋介さん」

洋介は麦茶を飲みこんでから、義母を見た。「は?」

「私はね、こういうことには寛大でいるつもりなのよ。だから単刀直入に言いましょうね。お互いにもう、他人ではないのだし」

いやな予感がした。洋介はたじろいだ様子を見せまいとして、わざと笑ってみせた。

「いやだな、お義母さん。何の話です」

「白石美晴《しらいしみはる》さんっていう若いお嬢さんは、洋介さんのゼミの学生さんでしょ」

彼は大きく息を吸い、吐き出しながらうなずいた。次に言われる言葉は想像がついていた。美晴はここに来たんだ。そして義母に何か喋った……。そうに違いない。

「美晴さんって方がさっきここにみえたの」春江は何事もなかったように言った。「そしていろいろ私に向かって失礼な言葉を投げつけてから、帰って行ったわ」

それまで飲んでいた麦茶のグラスをそっとテーブルに置くと、洋介はそばにあった煙草《たばこ》を一本くわえた。すかさず春江はマッチを擦《す》って火をつけてくれた。

彼はひと口、煙を吸い、覚悟しながら聞いた。「失礼なこと……ってそりゃいったい何です」

「あの人が言うには、あなたと肉体関係を持った、って。今では愛し合ってるんだ、って。でも橋爪先生は今ではタレントみたいにテレビによく出演してるし、関係は秘密にしておかなくちゃならない。そのうえ、先生には妻がいる。私はもう、耐えられないから、どうにかしてほしい、って言うの。私はすっかりびっくりしちゃって……」

洋介は唾《つば》を飲みこみながら、身動きひとつせずに義母を見ていた。義母は冷静そのものだった。取り乱す徴候も見せない。

床のマガジンラックからうちわを取り上げ、春江は自分の首すじに風を送った。「玲子が入院中で本当によかったわ。あんな話を玲子の耳に入れたとしたら、大変なことになってたもの。聞いたのがこの私で、まだしもでした」

洋介は煙草を揉《も》み消し、姿勢を正した。「お義母さん。これにはわけがあって……」

春江はうちわの動きを止め、ゆったりと身を乗り出した。「おやめなさいな、洋介さん。私に向かってあやまったって、どうにかなる問題ではないでしょ。いい？　このことは玲子には絶対に秘密よ。あなたは墓場までこの秘密を持っていくことを約束してくれなければ困ります。もちろん私もそうします。たった一度の過《あやま》ち……そうなんでしょ？　玲子は妊娠してから、ずっと精神が不安定だったし、あなたもいろいろ気苦労が多かったことは理解できるわ。でも、たった一度の過ちの相手に、自分の教え子を選んだのは非常識に過ぎますね。あの白石美晴って女の子は、私が見る限り、相当、あなたに執着してますよ。これから何をしでかすか、わかったもんじゃない。あの子ときれいに別れることが、あなたに課せられた義務です。自分の尻ぬぐいをすることね。さもないといくら私でも、黙ってはおりませんよ。よろしいか」

最後の〝よろしいか〟という言い方は、ぞっとするほど凄味《すごみ》があった。洋介は身体を硬直させ、反射的にこっくりとうなずいた。春江はしばらくの間、険しい目をして洋介を睨（にら）んでいたが、やがて表情をゆるめると寂《さび》しそうに溜息《ためいき》をついた。

「あなたをかばって言うわけじゃないけど、玲子は身体が弱すぎますものね。あなたが外の女性に目を向けた責任のいくらかは、あの子にもあるのかもしれないわ」

そんな、と洋介はテーブルに両手をついた。「そんなことはありませんよ、お義母さん。玲子に責任なんか、これっぽっちもありゃしません。全部、僕が愚《おろ》かだったせいです。あの美晴って学生に、ついつい酒を飲まされて、いい気になって酔っぱらっていたら、つい……」

彼は不覚にも涙ぐんでくるのを覚えた。俺は本当に馬鹿だった。よりによってあんな女……しかも自分の教え子と……。

「僕は玲子を愛してるんです」彼は視線を落とし、洟《はな》をすすった。「本当です。初めての子供ができるのを楽しみにしてるんです。信じてください」

春江はにったりと笑った。「信じてますとも」

また風鈴が鳴った。洋介はどぎまぎしながら身を乗り出した。だが、春江は彼を制して言った。

「あなたに言いたいのはひとつだけ。あの美晴という子とうまく関係を断ち切ることです。わかってるでしょうね、洋介さん。さもないと、あなた、大学で問題になるし、そればかりか、マスコミのスキャンダルになるかもしれないわ。恐ろしいこと。そんなふうになって悲しむのは玲子ですよ。玲子は悲しみのあまり、死んでしまうかもしれない」

「わかってます」彼は重々しく言った。不意に玲子がこの事実を知って錯乱《さくらん》し、薄暗い庭の片隅で首を括《くく》っている姿が頭に浮かんだ。まるでその光景を現実に見てしまったかのように、彼は身震《みぶる》いした。

「私、あの娘《こ》に言ってやったのよ」春江はうちわで顔をあおぎながら、吐き捨てるように言った。

「玲子は妊娠中で、もうすぐ生まれるんだ、ってね。あの娘、そのことを知らなかったみたいね。たいそう、驚いてたわ」

背筋に虫が這《は》い上がってくるような感じがした。洋介は歯を嚙《か》みしめた。美晴には妻の妊娠のことは一言も喋ったことはなかったというのに。

「すみませんでした」彼はつぶやくように言い、頭を下げた。「お義母さんにまで迷惑をかけてしまった」

「ともかく」と、春江は最後の念を押すように、じっと彼を見据えた。「今後、二度とこんな問題はいやですよ」

洋介は目を伏せながらうなずいた。ここまで言われる筋合はない、という思いと、やはり自分が馬鹿だった、という思いが交錯《こうさく》して、大声で叫び出したい衝動にかられた。だが、彼はじっとしていた。彼は自分が失いたくないものがはっきりわかっていた。わかりすぎるほど、わかっていたのだ。

庭でひぐらしが鳴き出した。春江はすっと音もなく立ち上がると、キッチンへ姿を消した。

洋介がそのタレント性を買われ、テレビに数多く出演しだしたころから、彼の受け持つ文学部のゼミは学生たちの人気の的《まと》になっていた。時折、外部からも聴講生が多数やって来る始末で、教室に入りきらない学生たちが廊下にあふれ出ることすらあった。

白石美晴は、その学生たちの中のひとりだった。美晴はいつも授業の時、教壇の真ん前に席を取り、熱心にノートをとったり、じっと彼の顔を見つめたりしていた。

その表情には、大人びた妖《あや》しさが秘められており、時々、洋介は講義をしながら、ハッと息をのむことがあった。美しい顔だちには違いなかったが、美晴を洋介に印象づけたのは、そのけだるいような色気だった。実際のところ、彼女がいるだけで、周囲の女子学生たちはただの嘴《くちばし》の黄色いヒヨコに見えたものだ。

美晴に言い寄ってくる男子学生は多かった。キャンパスを歩く彼女が男を連れていなかったことはない。だが、特定の男がいる様子はなく、どれもこれも適当に鼻であしらっている感じだった。

その美晴が、明らかに自分にモーションをかけていると知った時、彼はぞくぞくする快感を覚えた。教え子にそんな気持ちを抱《いだ》いたのは初めての経験だった。これまでだってハイレグカットの水着を着た女子学生たちと海辺で合宿したりしたこともあったが、間違っても彼女たちに女を感じたことはない。彼女たちは、いついかなる時でも、洋介にとってはただの出来の悪い、やかましい女子学生でしかなかったのだ。

発端は四月に行なわれたゼミのコンパだった。総勢四十名近くで大学の近くのスキヤキ屋に行き、どんちゃん騒ぎをした時のこと。美晴はぴったりと彼の隣りについて離れようとしなかった。

酔いが彼を大胆にさせた。冗談をとばし、他の男子学生たちが美晴に近づこうとして来ると、わざと「白石君を口説き落とせるのは、この僕くらいだな。おまえらでは若すぎて太刀《たち》打ちできんぞ」などと豪語した。

そのたびに美晴は嬉《うれ》しそうにくすくす笑った。宴もたけなわになったころ、「先生」と彼女はハスキーな声で言った。「少し外の空気を吸いません？」

「きみのほうが僕を口説くのかな？」洋介はわざと思わせぶりに聞いた。本気ではなかった。酔いのせいで、目の前にいるやけにセクシーな女が、教え子であるという単純な現実をふっと忘れただけだった。

美晴は腰をくねらせて微笑んだ。「さあ、どうかしら」

その物腰は、洋介に忘れかけていた昂《たかぶ》りを甦《よみがえ》らせた。家に帰れば妻の玲子が大きな腹をかかえて肩で息をしながら待っている。それがいやだというのではない。ただ、玲子はいま、妊婦であり、女ではなかった。そのことだけが問題だった。

誰も彼もが、それぞれに笑い、騒ぎ、歌っていたので、洋介と美晴がそっと席を立ったのに気づいた者はいなかった。店を出る時、店の女将《おかみ》から「橋爪先生」と呼びかけられた。「先生の大ファンなんです。サインをお願いできますか」

快《こころよ》く承知した彼が色紙にサインをしてやっている間に、美晴は先に外に出た。そのため、通りかかった女子学生に「あら、先生。もう帰るんですかぁ」と言われた時も、疑われずにすんだ。

「明日は朝早くからテレビでね」彼はすまなそうに言った。「酒代は僕が奢《おご》るから、じゃんじゃんやってくれ」

外に出ると美晴がすでにタクシーに乗って彼を待ち構えていた。洋介はすべり込むようにして車に乗り込んだ。

ふたりで新宿《しんじゆく》に出て飲み直し、気がつくと彼はホテルの一室にいて、美晴の身体を抱きながら横になっていた。美晴の顔がすぐ近くにあった。

「素敵だったわ、先生」彼女は囁《ささや》くように言った。「私もう、先生から離れられない」

とんでもないことをしてしまった、という思いがなかったと言えば嘘《うそ》になる。だが、彼はその時、事の重大さにまったく気づかなかった。

美晴は男経験が多い。それは確かだ。テレビで有名になった助教授をちょっと誘ってみただけなのだろう。こんなことで騒ぎたてるような女ではあるまい。洋介は勝手にそう結論づけ、美晴の鼻をちょっと指ではじいてから言った。「秘密だよ」

「え？」

「このことはふたりだけの素敵な秘密だ」

美晴がうなずいたかどうか、わからなかった。彼女の口から出てきたのは、ほとばしるような愛の言葉だった。「愛してるわ、先生」彼女は彼に抱きついた。「ずっと前から私の心には先生しかいなかった。これでやっと私のものになってくれたわ」

冗談を言っているのだろう、と彼は思った。おいおい、と彼は美晴の身体を離した。

「きみらしくもないな。そんな少女趣味のせりふはきみには似合わないよ」

「本気よ」美晴は凄味のある目付きをして言った。「もう離さないから」

以来、洋介は二度と彼女と寝ていない。そればかりか、ゼミもことあるごとに休講にし、彼女に会わないですむよう心がけた。キャンパスで彼女の姿を見かけると、さっと身をひるがえして顔を合わせないようにしたし、必要もないのに大学構内をふらついたり、学生たちと派手に飲みに行ったりしないようにした。

だが、美晴はまもなく彼の自宅に電話を寄越すようになった。運よく、自宅では洋介の書斎は義母や妻の行き来する部屋とは廊下をへだてた場所にあり、電話も別番号になっていた。そのことを知ってか知らずか、美晴の電話攻撃は凄《すさ》まじかった。

「先生は冷たい方なのね」と彼女は電話してくるたびになじった。「会ってくださらないの？　どうして？　奥さんがいるから？」

そんなことはない、と彼はそのたびになだめた。いいかい、僕ときみは師弟の関係にあるんだ、きみはまだ若いし、僕なんかを追い回すにはもったいない女性だ、だからあのことは僕たちのきれいな思い出にしようじゃないか……と。

「それは先生の自己保身じゃないの」美晴はまくしたてる。「私は先生の立場を知ってるわ。マスコミで有名な人だし、大学での地位もそれなりにある。奥さんもいるし、恵まれた方だわ。だから私は黙ってじっとしてるのよ。秘密は守ります。私は先生が思うほど下《げ》卑《び》た女じゃないもの。でもね、だからといって安心してもらったら困るのよ。先生、もしもこの先、先生が私に冷たい態度を取り続けるのだったら、私、どうするかわからないわよ」

「どうするかわからない、ってどうするつもりなんだ」

「さあ、ご想像にまかせるわ。覚えてらしてね。私は先生を愛しているの。死にそうに愛してるのよ。先生は私にとって初めての男。ええ、百回だって二百回だって男とは寝たわ。でも、先生が初めてなの。愛したのは初めてなのよ。裏切ったらどうなるか、ご存じよね」

脅迫《きょうはく》めいた言葉に不安を覚えた洋介は、それから三、四度、美晴に会った。会っても身体には指を触れなかった。そのせいか、彼女は会うたびに陰気な感じになっていき、別れぎわの捨てぜりふは聞くに堪えないものになった。それが怖くて、また会うことを承知する。会えば、不気味な捨てぜりふを残される……その繰り返しだった。

「先生の家に行くわよ」最後に彼女に会った時、そう言われた。「そして全部、ぶちまけてやるから」

ただの脅《おど》しだ……彼はそう思おうとした。いくらなんでも、一度寝ただけで、あの男経験の多い彼女がそんなことをしてくるはずがない。

いいよ、と彼は言った。「それで気が晴れるならそうすればいい。きみが後悔するだけだ」

だが、彼女は本当に来てしまった。洋介は頭を抱えながら、書斎のデスクに突っ伏した。玲子は出産を控えている。もしもこのことが公《おおやけ》になって、スキャンダルになるようなことになったら、と考えると身の毛がよだった。

足元にやわらかいものが触れた。見ると飼い猫のクロベエが、デスクの下で丸くなっていた。クーラーをつけているのは書斎だけなので、クロベエは時折、ここで昼寝をする。

洋介は猫を抱き上げると、簡易ベッドの脇に置いた電話を見つめた。美晴がここへ電話をかけてこないよう、この電話を取りはずしてしまおう。そして新しい番号にし、大学関係者には教えないでおくのだ。そうすれば、美晴もそのうち諦《あきら》めるに違いない。いくらなんでも、あの子だって、自尊心というものがあるはずだ。卒業を控えた身で、馬鹿なことはしでかすまい。

そこまで考えると洋介はやっと、少し気分が落ち着いた。玲子、と彼はつぶやいた。僕が馬鹿だったよ。きみを悲しませるようなことは絶対にしないからね。

デスク脇の窓の外に、スズメ蛾が張りついているのが見える。こいつもすぐに始末してやろう、と彼は思った。どいつもこいつも、俺を邪魔してくる奴はすべて始末してやる。

彼は電話帳を開き、殺虫剤噴霧をしてくれる業者を探し出して電話をかけた。あいにくたてこんでまして、と相手は言った。来週になってしまいますが、それでよろしいでしょうか。

結構、と彼は言った。来週、必ず来てほしい。

電話を切ってから彼はしばらく仕事をし、それから義母と気まずい夕食をとるために茶の間に行った。

五日たった。五日の間、美晴からは一度も電話はなかった。これまで三日にあげず電話を寄越していたことを思うと、丸々五日間、連絡がないことが何を意味するのか、計《はか》りかねた。だが、案外、いい徴候なのかもしれないな、と彼は思った。妻の妊娠を知って、考えが変わったのかもしれない。

不安は残っていたが、このまま時間が過ぎるのを待つしかなかった。彼は仕事に精を出した。

ちょうどテレビの夏休み特別番組『世界の学生たちはいま』という討論会の収録で、丸一日費《つい》やした日のこと。洋介は一緒にゲスト出演した作家や評論家たちと誘い合って、収録終了後、銀座《ぎんざ》で遅い夕食をとることにした。夕食はだらだらと酒を飲みながら十時ごろまで続いた。

同席した人々は気分のいい連中だった。彼は久し振りに心地よく酔い、酔ったついでにもう一軒……と自分から誘って、銀座のクラブへ彼らと共に繰り出した。

クラブに着いたのは十一時近くだった。彼はそこから義母に電話した。

「今夜は盛り上がってましてね。もう少し飲んでから帰ります」

「楽しそうだこと」春江は言った。「収録のほうはうまくいったの？」

「そりゃあもう。楽しみにしていてください。放映は明後日だそうです。それから、お義母さん。遅くなりそうだから先にやすんでも結構ですよ。食事をしたのが遅かったから、夜食も必要ないですし」

「あらそう？　じゃあ、そうさせてもらうわ。実を言うと、もう眠くて眠くて」

「早く寝ないとお肌に毒ですからね」

「ほんとにそうね。じゃあね、洋介さん。おやすみ。飲みすぎないようにね」

洋介は電話を切り、しばらくその店で飲んでから、ハイヤーを呼んでもらって家に戻った。

自宅の前で車を止めたのが深夜の一時半ごろ。家の玄関には明かりが灯《とも》っていたが、窓は真っ暗だった。彼はポケットをまさぐり玄関の鍵《かぎ》を取り出して、そっと中へ入った。春江の寝室は二階だったから、それほど気を遣う必要もなかったのだが、春江は眠りが浅い。時々、遅く帰った洋介のたてる物音で目覚めてしまい、朝まで眠れないことがある、と言われていたので、彼はその夜も細心の注意をはらって玄関ドアに内側から鍵をかけ、靴を脱いで廊下に上がった。

家の中は窓を閉めきっているせいか、むしむしする。洋介はポロシャツの前ボタンをはずしながら、茶の間に続くドアのノブに手をかけようとした。

ノブに触れるか触れないかのところで、手が電気ショックを受けたように硬直した。彼は息をのんで立ち止まった。スズメ蛾が……身体中に獣のような毛を生《は》やした巨大なスズメ蛾が一匹、ノブにぴたりと張りついていたのだ。

呼吸を整えてから、彼は舌うちした。ついに家の中にまで入って来やがった。義母が、昼の間、あちこちの窓を開けっ放しにするせいだろう。

鱗粉が指についたのではないか、と思われた。彼はそのまま茶の間には入らずに、洗面所へ行ってごしごしと手を洗った。

業者が殺虫剤をまきに来てくれることになっているのは、二日後だった。もう一日だって我慢できない、と彼は思った。今朝も出がけに、土塀にしがみついている気味の悪い姿を見せつけられたばかりだ。このうえ、家の中にまで入り込んでいるとなると、とても生きた心地がしなくなる。

トイレをすませ、茶の間のドアに目をやらないように注意しながら、彼はまっすぐ自分の書斎に入った。クーラーをつけ、服を着たままベッドに倒れ込む。寝室で寝てもよかったのだが、玲子のいないダブルベッドはなんだか広すぎて落ち着かなかった。今夜もここでこのまま寝るとするか、と彼は思った。

とても気持ちがよかった。気の合う人々と楽しく飲んだせいかもしれない。

パジャマに着替えよう、着替えないとズボンが皺《しわ》になる、と思いながら、ベッドに仰向《あおむ》けになってごろごろしていた時、突然、枕もとの電話が鳴り出した。

弾《はじ》かれたように彼は起き上がった。書斎の電話が深夜、鳴ったためしはない。テレビ局関係者や編集者たちは、たいてい昼間にかけてくる。一度だけ彼の執筆による評論が本になる時、校了まぎわになって急ぎの連絡が深夜入ってきたことがあったが、それも十一時ごろの話だった。

だとすると、他に考えられるのは美晴しかいない。義母から玲子が入院していることを聞いた彼女が、大胆にもこんな時間に電話をしてきたのかもしれない。

放っておこうかと思ったが、そう思った瞬間、洋介はもう受話器を耳にあてがっていた。怖かったせいだった。美晴がかけてきたのなら、何を言うか知りたかった。

受話器をとるとブーッというコインの落ちる音がした。どこか外からかけている様子だった。

「先生」美晴は思いがけず、しおらしい声を出した。「こんな時間にごめんなさい。もう寝てらした？」

「いや、まだだが」

「先生、怒ってらっしゃるんでしょう。私、とんでもない馬鹿なことをしてしまったわ。先生の自宅に行って、お義母さまにあんなこと言うなんて、ものすごく後悔してるの。さぞかしお義母さまも先生も腹がたったことでしょうね。私、嫌われてしまったわ、きっと」

「正直言って驚いたよ」洋介は、相手が意外にも低姿勢であることに気を強くした。「あんなことはしてはいけないよ。僕のためではない。僕の家族のためだ。家族はきみには何の関係もない。頭のいいきみのことだ。こういうことは理解できるだろう？」

ええ、と美晴は声を詰まらせた。「私、お義母さまからあなたの奥さんが妊娠してるってこと聞いて、動転しちゃったの。でもよく考えてみたら、そんなこと当たり前よね。私とこうなるずっと以前から、先生は奥さんと一緒にいたんだから」

「そうだよ」洋介は前髪をかき上げた。「わかってくれて嬉しいよ」

「先生。私ね、もうこれっきりにしようと思って……」

すすり泣きの声がした。洋介は万歳をしたくなって、思わずベッドから降り、電話機をつかみながら部屋をぐるぐる回った。美晴は続けた。「悪かったわ、先生。先生の言うとおり、私たちのことは美しい思い出にしておくのがいいんだわね、きっと。そのことがやっとわかったの。私、これまでこのことを誰にも喋ってなんかないし、秘密にしてきたわ。そんな自分を偉いと褒《ほ》めてやるつもりもあって、結論を出したの。先生。私、先生とは別れるわ」

うむ、と洋介は唸《うな》り、顔がほころんでくるのを抑《おさ》えきれずに咳《せき》ばらいをした。「きみは立派な女性だ。道理というものが理解できる人だ。さすがに僕の教え子だけある」

美晴はそんなお世辞はどうでもいい、と言いたげにまた喋りだした。「先生。私、最後にお願いがあるの。これから私と会ってくださらない？　実を言うとね、この電話、先生の家の近くの公衆電話からかけてるの。すぐそばよ。そう、酒屋さんがあるでしょ。酒屋さんの横の電話ボックス。会いたいの。最後に一目、先生に会えば、私、これまでのことすべて納得するわ。今夜は星がきれいよ、先生。最後のデート……最後に白石美晴という馬鹿な女の子を慰《なぐさ》めるつもりで出てらして。ほんの少しでいいわ。一時間でいいの。先生と誰もいない夜の街を散歩できればいいの」

洋介の頭の中でまたたく間に計算が成立した。いやなに、ほんの一時間程度のことだ。あの娘に会って、最後に励ましの言葉でもかけてやれば、それですべてが丸く収まるんだ。ことによると、これも案外、ロマンティックな出来事として、俺の人生に刻《きざ》みつけられることになるのかもしれない。

今、玲子はいない。義母はぐっすり眠っている。玄関のドアは開け閉めする時にギイギイときしるから、書斎のこの窓から直接庭に降りてしまえばいい。帰ってきた時も窓から中に入る。そして眠ってしまえば、義母にも気づかれずにすむ。

洋介は明るい声で「よし」と言った。「行こう。ただし本当に少しだけだよ。実を言うと僕はさっき帰ったばかりで、くたくたに疲れてるんだ」

「いいわ、もちろん」美晴は嬉しそうに声を弾ませた。「私、自分の車で来ているの。なんなら、先生を迎えに行きましょうか」

「いや、それには及ばないよ」洋介は慌《あわ》てて言った。門の前で車の音がしたら、義母が目を覚ましてしまう。「僕が散歩がてら歩くよ。その酒屋を右に折れた所にちょっとした大きな公園がある。そのすべり台のあたりで待っていてくれ。すぐに行くから。気をつけるんだよ」

「はい、先生」美晴は無邪気に言った。

洋介は時計を見た。二時三十分。ちょっと会って話してから帰っても、四時前には戻れる。なに、たいしたことではない。義母が起き出すのは、早くても六時なのだから。

彼はそっと音をたてずに廊下を歩き、玄関に脱ぎ捨てたままの自分の靴を持って、また書斎に引き返した。ドアを閉め、念のため鍵をかけた。

デスクの前の窓を開ける。窓はサッシ戸になっていたが、老朽化しており、桟《さん》に乗っただけでみしみしと音をたてた。彼は靴を庭に落として、出来るだけ静かに下に飛び降りた。ぱしっ、という音がしたが、さして大きな音ではなかった。松ぼっくりが落ちた程度の音だ。

彼は手を伸ばして外側から窓を注意深く閉めた。猫のクロベエが窓の内側に飛び乗って来て、ニャアと鳴くのがガラス越しに見えた。だめだめ、と彼は心の中で囁いた。おまえはそこでじっとしてるんだ。俺はこれから、厄介《やっかい》払いをして来るんだから。

やぶ蚊が耳元に集まって来て、ブンブンと唸った。彼はそれを追いはらいながら、こそこそと門の外に出た。

公園までは彼の家から歩いて十二、三分ほどの距離があった。そこから最寄《もよ》りの駅までは四、五分。休みの時など、よく玲子と共に散歩に来たところでもある。

公園に着くと、すべり台の脇から美晴が微笑みながら片手を振っているのが見えた。青いミニ丈のワンピースを着ている。長い髪はいつもどおり、栗《くり》色に光っていた。

「会いたかった」彼女は洋介が近づいて行くと、その胸に顔をうずめてきた。煩《わずら》わしいな、と思ったが彼はされるままになっていた。これで最後だとなると、少しは優しくしてやるべきかもしれない。しつこい女だったが、セクシーであったことは確かなのだ。彼は美晴の頭を撫《な》で、髪の毛に軽くキスをしてやった。

美晴は感動に震えている様子だったが、やがて顔をあげると、くすくす笑った。「先生ったら、嘘に弱いんだから」

何のことかわからなかった。美晴は計算高そうな顔をして、軽く片目をつぶってみせると、また、クックッと喉《のど》を鳴らして笑った。

「私が先生と別れるとでも思ってるの？　いやあね、先生。そんなことあるわけないじゃないの。あれは嘘。嘘でも言わないと、先生、私と会ってくれないものね」

猛烈な……説明しがたい突発的な怒りが、みぞおちから喉元までこみ上げてきた。彼はわなわなと震え、歯をくいしばり、荒い呼吸を繰り返すと、思い切り美晴の身体を突き飛ばした。前日まで降り続いていた雨で、公園の土はひどくぬかるんでいた。美晴はそのぬかるみにハイヒールをとられて、キャッと小さく叫んだが、それでもまだ笑っていた。

「そんなに怒らないでよ、先生。嘘をついたのは悪かったけど、生きていくためには、このくらいのことをしなくちゃいけないことだって、あるでしょ？」

「どういうことだ」洋介は低く呻《うめ》くように言った。「夜の夜中に嘘までついて人を呼び出しておいて、いったいこの上、きみは何をしてほしいんだ。え？　きみは自分がやっているることがわかってるのか。きみはもう少しで僕たちの問題に無関係な人間たちを巻き込むところだったんだよ。二十二にもなって、分別というものがないのか、きみは」

「分別？」美晴は突然、顔を強張《こわば》らせると、抑揚《よくよう》をつけずに聞いた。「なによ、それ。分別って何なの。愛した人に妻がいて、まもなく子供が生まれるからという理由で、おとなしくその愛を諦めること？　文化人気取りでテレビに出たり、コーヒーのテレビCMに出たり、女の子の雑誌でもっともらしい身の上相談なんかを担当している出たがり屋の大学の先生を愛してしまった愚かな女子学生に、もともと分別なんかあると思ってたの？　先生。それは大きな間違いよ。私が先生を愛した時から、私には分別なんて言葉はなくなってしまったのよ。第一……」と、彼女は腕組みをし、彼を正面から睨みつけた。「第一、もし私に分別なんてものがあったら、先生みたいな男は愛さなかったわ」

抑えろ、抑えるんだ、と洋介は必死になって自分をなだめた。この女はただのヒステリーなんだ。言いたいことは言わせておけ。いちいち相手にするな。「言いたいことはそれだけか」彼は冷ややかに聞いた。「もっと言いたいことがあるのなら、朝まで聞いてあげるよ。それだけか」

とんでもない、と美晴は首を振った。「それには及ばないわ。分別というものについて先生にお喋りをしに来たんじゃないんですもの。話は簡単なの。先生、私、妊娠してるのよ」

どこかの木の上で、ねぼけたセミが〝ジッ〟と音をたてた。こういう場合、ふつう、男というものはどんな顔をするものだろうか、と洋介は混乱した頭の中で繰り返し自問した。ははは、馬鹿げたことだ。まったく馬鹿げてる。そんなはずはあるわけがない。だって俺はたった一度しか……。

「たった一度で妊娠するわけがないと思ってらっしゃるんでしょ」美晴が面白《おもしろ》そうに言った。「でもしてしまったのよ。偶然よね。危険日だったたって、私も気がつかなかったんだから。四カ月に入ったところですって。予定日は来年の二月十四日。バレンタインデーよ」

「ちょっと待ってくれ」洋介は息もたえだえになって言った。「きみが言おうとしていることがわからない」

「いやね、先生ったら。来年のバレンタインデーには先生はこのお腹の子の父親になる、って話をしてるだけよ。明日になったら、私、両親に報告するつもり。それからもちろん、週刊誌やテレビ局にも自分から名乗りをあげていきさつを公開するわ。怖がらなくてもいいのよ、先生。スキャンダルは先生のような人にとっては名誉なことじゃないの。それに第一、生まれてくる子供にとっても、自分の出生がマスコミに知れ渡るというのは、名誉なことに違いないわ」

それから彼女は、ぺらぺらと彼との将来について喋り始めた。自分は自主退学するから、先生も大学をやめることね、そしてとりあえずは先生のテレビのギャラで生活しましょう。ふたりの住むマンションは、だいたい目星をつけてあるの。一LDKもあれば充分でしょ。子供が大きくなったら、引っ越せばいいんだし。私はマスコミの取材を拒否しないつもりよ。マスコミっていやらしいけど、少なくとも私から先生を奪っていきはしないもの。むしろ強力な味方だわ。先生の奥さんが子供を産むらしいけど、そっちのほうはお金でなんとか片をつけてほしいと思ってるの。私も出産を終えて、元の身体になったら、協力するから。

公園にはふたり以外にまったく人影はなかった。密生した夏の樹木に囲まれて、聞こえてくるのは、時折、耳もとで唸り声をあげるやぶ蚊の羽音だけだ。車が行き交《か》う気配もない。

洋介はすべり台に決して手を触れないよう注意しながら、そっと美晴に近寄った。彼女はそれを仲直りの表現だと勘違《かんちが》いしたらしく、ふっと柔和《にゅうわ》な表情をして溜息をついた。

「こんなことまでするのは醜《みにく》いことかもしれないわね。でもね、先生。私、愛した人との間に子供まで出来てしまった今、こうする以外、方法が見つからないのよ。さもないと、先生は子供が生まれても見向きもしてくれないだろうし、そうなったら私は多分、先生を恨《うら》むわ。愛した人を恨むのは悲しいことよね。だからこうするの。理屈にかなってるでしょう？」

「冗談じゃない」洋介は両手を伸ばした。

「冗談を言うな。きみは……俺の……俺の人生を目茶苦茶にする気か」

恐怖の色が美晴の目に宿った。だが彼女は後に引かなかった。「もう遅いわ、先生。それとも私をここで殺すつもり？　ここで私を殺せば誰にも知られずにすむものね。私はこのことはまだ誰にも喋ってない。殺すのなら今よ。先生に殺されるのなら本望だわ」

洋介は美晴の喉に手をかけた。やわらかな肉を通して硬い喉仏の骨が指に触れた。

「死ね」と彼は呻いた。「死んでしまえ」

美晴は少し暴れたが、やがて呆気《あっけ》ないほどすぐに、おとなしくなった。

彼は手を離した。美晴の身体がぐにゃりとぬかるみの中に倒れた。彼女が持っていた白いセカンドバッグが、泥の飛沫《ひまつ》を受けて転がった。

両手はしびれ、硬直し、首をしめた時のままの形で動かなくなっていた。彼は肩で息をし、素早く周囲を見回した。相変わらず誰もいない。住宅地の深夜。すべての人々は眠りについている。

靴がぬかるみの中にはまっていた。ぬかるみに、くっきり靴底の跡がついてしまってい
る。彼は、近くにあった棒きれを取り上げ、無我夢中でその痕跡《こんせき》を消し去った。棒きれを
捨てようとして、はっとした。指紋がついたものを捨てるわけにはいかない。彼はしびれ
たままの手に、棒きれをはさみ込んだ。

言いようのない恐怖が彼を襲った。背筋がぞくぞくし、髪の毛が逆立《さかだ》つような感じがす
る。彼は喘《あえ》ぎ、よろめきながら公園を出ると、全速力で走った。どこをどう走ったのか、
わからない。気がつくと、自宅の門の前だった。

門をくぐり、庭づたいに書斎の窓の下までたどり着くと、彼は壁に背をもたせたまま、
破裂しそうな心臓の鼓動と闘った。奥歯ががちがちと鳴っている。夏だというのに、ひど
く寒い。

首をしめた両手は、まだ硬直したままだった。その強張った手に、さっきの棒きれが握
りしめられている。彼は口を使ってそれをもぎ取ると、さらに四つに折り、喉をぜいぜい
言わせながら、庭の奥深く投げ捨てた。

呼吸が整うまで長い時間がかかった。ぐずぐずしてはいられなかった。彼は胸の高さに
ある書斎の窓ガラスに手をかけた。ガラス戸の向こうに猫のクロベエがいた。クロベエは

なにやら両手を使ってじゃれている。

門燈の光に照らされて、ガラス窓の内側で羽をばたつかせている一匹の大きなスズメ蛾が見えた。猫はまるで獲物をいたぶるのを楽しんでいるかのように、蛾をたたき落とし、また舞い上がるのを眺め、再びたたき落とすという作業を繰り返していた。

彼がガラス窓に手をかけたのと、猫が蛾にじゃれつきながら、窓の鍵……サッシ戸の、把手《とって》がついた半円状の鍵に手をかけたのは、ほぼ同時だった。

それから洋介が見たものは、まるで恐怖映画のスローモーションフィルムそのものだった。猫の太った手が鍵の把手に置かれ、蛾が舞い降りる速度に従って、ゆっくりと下に下ろされる。すると鍵は……蝶番《ちょうつがい》がすっかり甘くなっていた鍵は、ゆるりと動き出し、そして……。

洋介の心臓が、一回、ドクンと音をたてた。窓に手をかけて、引いてみる。いくらかガタガタと音がした。だが、窓はまったく開かなかった。

呼吸が荒くなり、こめかみがぴくぴくと動いた。彼は体重をかけながら、何度も窓を引いた。窓はずっしりと重たく、ガラスに張りついた蛾の鱗粉を輝かせながら、びくともせずにそこにあるだけだった。

「馬鹿野郎！」彼は低い声で向こう側にいる猫に怒鳴《どな》った。「なんてことをしてくれたんだ！」

猫に通じるわけがなかった。猫はさんざんスズメ蛾をいたぶってしまうと、くんくん匂《にお》いを嗅《か》ぎ、やがて飽きたのか、その場所に座り込んだまま、のんびりと自分の身体を舐《な》め始めた。

洋介は窓の外に立ったまま、事態の急変が自分にどんな災難をもたらすか、一瞬にして悟《さと》った。

玄関ドアの鍵は持って来なかった。ハイヤーで帰宅した時、自分で鍵をかけ、チェーンまでつけた記憶がある。

また、義母の性格上、窓という窓には鍵がしっかりとかけられていることは疑いようがなかった。いつだって春江は、防犯には神経を使っているのだ。

彼はもう一度、書斎の窓を引いた。鍵がかかってしまっているのがはっきりと見える。猫は彼を小馬鹿にでもするかのように、窓辺に寝そべり、ガラス越しに欠伸《あくび》をしてみせた。

あまりの恐ろしさに彼は吐き気がしてきた。もし家の中に入れなかったら……もしも、このまま外にいるしかなかったら、美晴の死体が発見されて真っ先に疑われるのは洋介だった。今のところ美晴と彼の関係を知っているのは、義母だけだが、義母は彼が明け方、こんなに泥まみれの姿で窓の下に立っているのを知ったら、すべてを悟るに違いなかった。

やぶ蚊がズボンの上から足を攻撃し始めた。彼は痒《かゆ》さに顔をしかめながら、家の周《まわ》りを回り始めた。どこからか中へ入る方法はないものだろうか。どこでもいい。蜘蛛《くも》の巣だらけになろうとも、中に入れればそれでいいのだ。俺が美晴の死亡時刻に、この書斎で眠っていた、と義母が証言してくれさえすれば。

義母は間違いなく、彼が銀座からハイヤーで帰宅したことに気づいているはずだった。たとえぐっすり眠っていて、車の音が聞こえなかったとしても、玄関を開ける音で目を覚まさないはずはない。これまでもいつだってそうだったのだ。それならば、彼が書斎に入る音も聞いていることになる。

義母は美晴が妊娠していた事実を知らない。ということは彼の殺意となり得る直接の動機も知らないということになる。自宅の近くで美晴の死体が発見されたとして、それをすぐに娘婿の犯行と決めつける材料を春江は持っていないわけだ。

ともかく、と洋介は殺気立った。家の中に入るんだ。入ってしまえば、かけられる疑惑の量は大幅に減る。そう。それが肝心なのだ。どのみち俺は疑われる立場にいるが、決定的証拠さえなければ、何とでも弁解の方法は見つけられる。

裏に回り、トイレの窓に手をかけてみた。小窓はびくとも動かなかった。台所や風呂場の窓には、鉄格子《こうし》がはまっている。鍵をかけ忘れた箇所はないか、と祈る思いで納戸《なんど》や客間、それに自分たち夫婦の寝室の窓に手をかけてみたが、いずれも無駄な作業だった。

洋介は泣きたくなった。春江さえ家の中にいなければ……あるいは、いたとしてもあれほど眠りの浅い人でなければ、どこかの窓ガラスを叩《たた》き割って中に入ることもできるのに。

腕時計を見ると、四時半だった。すでに夜は明け始めていた。庭の木々の梢《こずえ》で、雀《すずめ》が鳴き出している。朝の早い老人やジョギングをする人々なら、そろそろ起き出してもおかしくない時刻だった。彼は焦《あせ》った。広い庭とはいえ、どこで誰が彼を見ているか、わからない。

もう一度、書斎の窓の下に行った。クロベエの姿はなく、死んだスズメ蛾が羽をもぎ取られた無残な姿で窓辺に転がっているのが見えた。何度、確認しても、窓の鍵は内側からかけられたままだった。

彼は思いついて裏庭にある物置に行った。錆《さび》ついてしまった工具が置いてあるはずだ。それらを使って縁側の雨戸をこじ開けられないものだろうか。

だが、物置にあった工具箱には金槌《かなづち》と数本の釘《くぎ》、それに錆で動かなくなったペンチが一本、入っているだけだった。どう頭を働かせても、それらを使って音をたてずに雨戸を開ける方法など、考えつかなかった。

彼は子供のように泣き出した。泥にまみれた足は、ズボンをめくってみると無数の蚊に刺され、赤く腫《は》れ上がっている。身体はぼろぼろに疲れ、もう考える気力もなかった。

物置の片隅にうずくまり、彼は膝《ひざ》を抱えた。これまであったことが幻のように頭をよぎった。すべては悪夢としか思えなかった。これがただの夢になってくれるのだったら、俺は自分の社会的地位をすべて抛《なげう》ってもいい。そればかりか、一生、玲子やお義母さん、それに生まれてくる子供に、奴隷のように尽くしてやる。喜んでそうする。

新聞配達の自転車の音がする。犬を散歩させる近所の老人が、家の門の前で大きなくしゃみをする音もはっきり聞こえた。

もうだめだ、と彼は思った。こうなったら、玄関のチャイムを鳴らして義母を起こし、酔いつぶれて今、帰ったふりをするしかない。ゆうべ、帰って来たんじゃなかったの、と聞かれたら、そら耳ですよ、としらを切り通す。あとは義母の出方を待つのみだ。

それ以外の方法は彼には考えられなかった。洋介は棒のようになった足を引きずりながら、玄関の前に立った。

酔っぱらったふりをする必要がある。靴の汚れも、どこかで転んだとかなんとか、言うのだ。ちょうどうまい具合に、着ているものは昨夜出て行った時と同じものだから、辻褄《つじつま》は合う。

肝心なのは、何事もなかった顔をすることだ、と洋介は自分に言いきかせた。何くわぬ顔で玄関のチャイムを鳴らす。義母が出て来たら、酔っぱらいのふりをする。誰か有名人の悪口を叫んでもいい。鍵はどこかに落としてしまったことにして。

深呼吸をし、震える指でチャイムを押そうとしたその時。背後に草履《ぞうり》の音がした。

「洋介さんじゃないの」

背中に冷水を浴びせられたような感じがした。彼はふり返り、わが目を疑った。門をくぐって小走りに駆けよって来たのは、義母の春江だった。見慣れた紹の着物に、白っぽい帯を締めている。春江は怪訝《けげん》な顔をしながら、「あなた、どうしたっていうの」と言った。

「どこに行ってたの。子供が生まれたっていうのに」

え？　と洋介は聞き返したが、声にならなかった。春江は微笑しながら「女の子よ」と言った。

「午前三時ぴったりに、あなたはパパになったのよ。予定日よりずっと早かったから二千八百グラムしかなかったけど、元気な赤ちゃん。それにあなたにそっくりなの。天使みたいにかわいいわ。玲子もくたびれたようだけど、元気いっぱいよ。あなたのことを待ってたのに。私だってずっと電話してたのよ。どうして出なかったの。まさか、今、帰ったんじゃないでしょうね」

あわわ……と洋介は口を震わせた。春江は困った人ね、と言いたげに眉《まゆ》をひそめ、持っていたセカンドバッグをかきまわして玄関の鍵を取り出した。

「ゆうべ十二時ごろだったかしら。病院から電話があったのよ。突然、玲子に陣痛が始まった、って。私、あなたの帰りを待ってからにしようと思ったんだけど、気が急《せ》いてね。車を呼んでそのまま病院へ行ったの。茶の間に置き手紙を残しておいたのに。今ごろ、帰ったなら見てるわけがないわね」

洋介は茶の間に入らなかったことを思い出した。スズメ蛾がいて……。ドアノブを握れなくて……。

「それはそうと、洋介さん」春江は鍵束の中から、玄関の鍵をより分けて、ちらっと彼を見上げた。「私、今、気持ちがいいから始発の電車に乗って帰って来たんだけど、あそこの公園を通りかかったら、パトカーが何台も止まって大変な騒ぎなのよ。なんとまあ、女の人の絞殺《こうさつ》死体があったんですって。ジョギングしていた男の人が発見したのよ。私、ちょっと覗《のぞ》いてみたんだけど、被害者の女の人はなんでも洋介さん、あなたの大学の学生証を持っていたそうよ。こんな郊外の街の公園で、いったい夜中に何をしてたのかしらね。

あのへんは雨でぬかるんでて、泥まみれ。わざわざ野次馬で覗いてみたりしたから、ほら、草履がこんなに泥だらけになっちゃって。私も物好きよね。洋介さんもいろいろ聞かれるわ、きっと。せっかくパパになったというのに、いやな話ね。あなたの教え子じゃなければいいんだけど。ゼミの教え子だったりしたら、現場にこんなに近いところに住んでいるあなたまで……」

そこまで喋り、玄関のノブに鍵をさそうとした春江は、ふと気づいたように動きを止めた。彼女は彼の顔をふり仰いだ。表情が一瞬、硬直し、唇がゴムのように色を失った。

春江はおそろしくゆっくりと視線を洋介の胸から腹、そして足に移した。そして靴についた泥を見つけると、ハッと息をのんだように身体を固くした。

春江の手から、鍵がぽとりと地面に落ちた。

「洋介さん。あなた、まさか……」

洋介は、茫然《ぼうぜん》としたまま玄関脇の壁に目をやった。一匹のスズメ蛾がへばりついている。彼はこぶしを握りしめ、狂ったように蛾に向かって突進した。背後で春江の悲鳴が上がった。

悪者は誰？

夫の部屋にある電話機はダイヤル回線で、クリーム色をした旧式のものだった。単身者向けに作られたこのワンルームマンションに、もともと備えつけられていたものである。三浦比呂子《みうらひろこ》は、その電話機を手元に引き寄せた。心臓の鼓動が激しくなってくる。指が震《ふる》え出すような感じもした。

夫の卓治《たくじ》は、テレビにかじりついたまま、ゴルフ中継を見ている。青いストライプが入ったパジャマ姿だ。汚れた襟《えり》元に抜毛が数本、ふわふわと浮いているのが見える。

比呂子は軽く深呼吸をし、「えーっと」とわざと大きな声を出した。「何番だったかしら」

窓から入ってくる乾いた秋の風が、電話帳のページをパラパラとめくった。比呂子は適当なページを開き、片手でおさえると、番号を調べるふりをして、空《そら》で覚えている関谷《せきや》守《まもる》の自宅の電話番号を回した。

コール音が鳴り始める。夫を見た。卓治は口の中でゴルフのショットについて何かモゴモゴとつぶやきながら、軽くスイングの真似事《まねごと》をしている。

三度目のコールの後で、カチリと相手の受話器がはずされた。

「もしもし？」

「あ、はい」と守は打ち合わせ通りに演技を始めた。「こちら札幌《さっぽろ》ガスサービスセンターです」

比呂子はどぎまぎしながら言った。「ガス器具の修理をお願いしたいんですが」

クッ、クッ、と守は短く笑い、「いいぞ、その調子だ」と低く囁《ささや》いた。「落ち着いてて、まるで本当の修理を頼まれてるみたいだよ」

「あの」と比呂子は事務的に言い直した。「ガスの様子がおかしいんです」

守も調子を合わせ始めた。「どのようにおかしいのですか」

「気のせいかもしれないんですけど、お風呂場が時々、ガス臭いんです。ガス釜《がま》が古くなってるもんですから、なんだか、気持ちが悪くて。ちょっと調べに来てもらえませんか」

「どのような型のガス釜ですか」

「浴槽《よくそう》に接続している、ごく普通のものです。排気筒っていうんですか。あれがついていて……」

「比呂子、愛してるよ」

突然、守は大真面目《おおまじめ》に言った。比呂子は赤くなったが、慌《あわ》てて、コホンとひとつ、咳払《せき》いをした。「来ていただけますか」

「もちろんですとも。比呂子のためなら、どこにでも参上します。お宅の住所と電話番号をどうぞ」

比呂子は夫のマンションの住所と電話番号を伝え、最後に「早急に来てもらえます？」と聞いた。

いいですとも、と守はおかしそうに言った。「俺はなんでもやるよ。比呂子」

脇の下が汗ばんできた。比呂子は夫を見た。テレビの画面ではＣＭが始まっている。卓治は両手を高く上げて伸びをし、妻のほうを見ようとした。比呂子は慌てて目をそらした。

「じゃあ、明後日の月曜日にいらしてもらえますか？　どうせ、日曜日はお休みなんでしょう？」

「そうです。日曜日は休みです」

「何時ころ来ていただけますか」

「そうですねえ。二時ころではいかがでしょうか。うちのとっておきの死に神をお宅に派遣いたしますから」

守はまた、クッ、クッ、と笑った。比呂子は大きな声で「二時ですね」と繰り返した。

「留守にしないようにしますから、管理人を通さないでも結構です。直接、来てください」

「オーライ」と守は言った。「かしこまりました、奥さま。月曜日の二時に参ります。愛してるよ、比呂子。しばらく会えなくなるけど、頑張ろう。きみからの連絡を心待ちにしてるよ」

受話器にくぐもったキスの音が聞こえ、それを最後に電話は切れた。比呂子は切れた電話に向かって「それではよろしく」と言った。

「来てくれるって？」卓治がテレビ画面に目をやったまま聞いた。唾《つば》をごくりと飲みこみながら、比呂子は「ええ」と答えた。「月曜日の二時ころですって。あなた、必ずここにいてよね」

「いるよ。しかし、そんなにガス臭いかな。俺には感じないけど」

比呂子は、うっすらと額《ひたい》に浮かんだ汗を気づかれないように拭《ぬぐ》い、電話帳を閉じて、そそくさと電話台の中に押し込んだ。「あなた、鼻が悪いんじゃないの？　絶対に、ガス釜に異常があるのよ。一人暮らしだし、もしものことがあったら、どうするの」

「大丈夫だと思うけどなあ」

「また、そんな呑気《のんき》なことを言って。あたしが、東京でどれだけ不安に思ってるか、知ってるの？　あなたは細《こま》かいことにまで気が行き届かないし、第一、だらしがないんだから」

「うん。そうだな」

卓治は関心なさそうに言い、再びテレビに没頭し始めた。後頭部が相当、薄くなっている。もともと子供のようなくせ毛で、髪の量が少なかった。最近では、逆光の中で見ると、老《お》いた鶏《にわとり》の頭のように見える。

卓治とは七年前に見合い結婚した。結婚する前は、人並みに恋愛もいくつか体験したが、どれもこれも、通俗的な終わり方をした。たいていの男は、結婚するとなると、比呂子が仕事を続けるのをいやがったからだ。

そんな矢先、比呂子の勤務する化粧品会社の営業部長が、卓治との見合い話をすすめてきた。卓治は妻になった女が仕事をしようが、主婦になろうが、どちらでもかまわない、と主張した。子供だって、いてもいなくても構わないよ、と。たったそれだけのことが、比呂子に結婚の決意をさせたのである。

七歳年上の卓治は、穏《おだ》やかで、あくせくしないタイプの人間だった。大手製薬会社の研究室勤務、という仕事柄か、昇進や昇給に貪欲になることもなければ、接待や何やかやで、遅く帰って来ることもなかった。

一度だけ、彼のチームが研究開発した眠くならない風邪《かぜ》薬というのが業界の話題になったことがあったが、その時も卓治は淡々としていたものだった。研究すること自体が好きなのか、それとも、もともと男としての野心がないのか、そのへんはよくわからない。案外、ただの小心者なのかもしれなかったが、家庭生活を営むためには、威張りくさるような男よりも、おとなしい卓治のような男のほうがいいように思えた。

趣味はテレビでスポーツ番組を見ることと、読書することくらい。賭事に狂う心配は皆無。まして、女遊びともなると、想像するだけで滑稽《こっけい》だった。仕事をしていきたいと願う女にとってみれば、悪くない相手だった。

たったひとつの不満と言えば、卓治が信じがたく、生活全般に無頓着だったことだ。家中、埃《ほこり》だらけになっても、キッチンの流しに汚れた食器が溜まっていても、卓治はまったく気にかけない。室内を清潔にし、生活を楽しむといったこととは、まったく無縁で、放っておけばシーツを一年間、替えずにいる。

かつて、煙草《たばこ》の吸殻をそのまま、室内の屑籠《くずかご》に捨て、あやうくボヤになりかけたこともあった。

だが、それも些細《ささい》なことには違いなかった。どこの夫婦も抱えている、性格の小さな違いと思えば我慢もできる。夫婦というものは、根元の部分がしっかりしていれば、枝葉に関してはなんとかなるものだ。比呂子はそう信じてきた。

そんな具合だったから、雲行きが怪しくなってこようとは想像もしなかった。それも卓治のせいではなく、自分のせいで……。

二年ほど前のこと、卓治が勤める製薬会社では、札幌支店に新しく研究開発部門を設けることになった。もともと信認の厚かった彼は、真っ先に研究開発室副室長の肩書で札幌に送りこまれることに決まった。

辞令を受け取った卓治は、それが当たり前と言わんばかりに「単身赴任するよ」と言った。

「あら、そう？　でも、ほんとにいいの？」

「うん。きみに仕事を辞《や》めさせるわけにはいかないもんなあ」

その時、一瞬、比呂子は迷った。愛だの恋だの、そういった感情は初めからなかった相手ではあるが、共同生活者としては必要な相手であった。卓治が単身赴任したら、何かと寂《さび》しくなるに違いない、と思ったのである。

だが、卓治と共に札幌に行けるわけはなかった。行くのなら、仕事を辞めねばならなくなる。仕事を辞めるなんて、比呂子には考えられなかった。

初めのうちは、毎週末、卓治が小遣いをやりくりして、東京に戻って来ていたが、やがて、そんなわけにもいかなくなった。交通費がかかりすぎるからだ。

結局、月に一度、ふたりのうちどちらかが、札幌と東京を行き来する、ということで話がまとまった。

比呂子は、できることなら卓治のほうが東京に来てほしいと思っていた。札幌に自分が出向いても、結局はちらかり放題の汚い部屋の掃除に追われるだけになる。

その気持ちを知ってか知らずか、卓治は文句を言わずに、せっせと月に一度、定期的に東京にやって来た。しばらくはそのままの状態が続いた。

だが、一年ほど前から、状況が変わった。卓治が、一人暮らしの寂しさを埋めるために、つがいの巻き毛カナリヤを飼い始めたからである。生き物がいると、なかなか思うように外泊できない。

「ごめん、鳥がいるからさ」と卓治は家に戻る約束の日が近づくたびに、電話口で申し訳なさそうに言った。「きみのほうが来てくれるとありがたいんだけどな。チケットはこっちで買って送るよ」

面倒な気もしなくもなかったが、かといって、このままずっと会わずにいるわけにもいかなかった。それに動物好きの比呂子には、卓治の気持ちがよく理解できた。生き物を家に置きっ放しにして、外泊するのは、とても居心地《いごこち》が悪いものだ。

比呂子は送られて来るチケットを使って、月に一度、定期的に札幌に行くようになった。

関谷守と知り合ったのは、そんな或る日のことである。

千歳《ちとせ》まで見送りに来た卓治に手を振って、飛行機に乗り込んだ比呂子は、自分の隣りのシートに、ぞっとするほど魅力的な青年が座っているのを見て、思わずドキリとした。ちょうど八カ月前の二月だった。外は悪天候で雪が舞っていたが、機内は暖房が利いていて暖かかった。青年はムートンのコートを脱いで無造作に膝《ひざ》の上に置き、半袖《そで》の白いTシャツ一枚になった。

剝《む》き出しの太い腕が眩《まぶ》しかった。俳優かしら、と比呂子は思った。スポーツ選手にしては、どこかしら繊細な雰囲気が漂《ただよ》っていたからだ。

結婚して以来、別に男を見ないようにしてきたわけではない。だが、仕事と家庭の往復に時間をとられていたせいか、男をこんな感情で眺めたことはほとんどなかった。比呂子は、少女のように胸をときめかせながら、じっと前を向いて座っていた。

「吹雪《ふぶき》になりましたね」青年が思いがけず、比呂子に話しかけた。「ブリザードみたいな感じだ。予定通り離陸できるのかな」

「飛べなくなるかもしれませんね」比呂子は応じた。「こんな時に飛行機に乗るのは初めてだから、なんだか怖いわ」

青年がちらりと比呂子の顔を見た。視線が交錯《こうさく》し、やわらかな微笑と共に、比呂子の顎《あご》のあたりで止まった。

「北海道の方じゃなさそうですね」青年が言った。ええ、と比呂子は答えた。「東京です。どうしてわかります？」

青年は涼しい目を細め、静かに微笑《ほほえ》んだ。「こっちの人間なら、吹雪の中を飛行機に乗るのには慣れてますから」

「あなたは？　北海道なの？」

「札幌です」青年は言い、決して気障《きざ》にではなく、ごく自然に軽くウインクしてみせた。

その日、飛行機は三十分遅れで離陸し、上空でさらに二十分ほど遅れて羽田《はねだ》に着いた。羽田で荷物を受け取るころには、比呂子はすっかり、青年と意気投合していた。

関谷守というその青年は、彼女よりも三歳若く、独身で、スキーのインストラクターをして生計をたてている自由人だった。

守がずっとスキーのインストラクターをしていたのだとしたら、と今さらのように比呂子は考える。ずっとスキーのインストラクターをしていて、他の職業についたことがなかったとしたら……彼が札幌市内のガスサービスセンターに勤務したことがなかったとしたら……こうした恐ろしい計画は生まれなかったはずなのだ。そう。決して。

だが、運命のめぐりあわせというのは、案外、単純に辻褄《つじつま》を合わせてしまうものらしい。守はガス器具に詳しく、そして、比呂子は夫が邪魔になった。それがすべての始まりだった。

※

守はちょくちょく上京して、比呂子に会いに来るようになった。近所の目を考えて、さすがに自宅に招くことはできなかったから、ふたりはよく都内のホテルを利用した。そのための費用は、ほとんど比呂子がもった。年上の女だという自負と、そのへんのOLなどよりは、遥《はる》かに稼ぎがいい、という自尊心のせいだった。

深く関われば関わるほど、守の素晴らしさは魔力のように比呂子をがんじがらめにするようになった。これまで男というと、たいていは堅気《かたぎ》のサラリーマンか、さもなくば医者といった、世間に通用しやすい安全な人間ばかりだったので、守のような飄々《ひょうひょう》とした生き方は実に新鮮に感じられた。

「ずっとそうやって、自由に生きていくつもり?」

或る時、比呂子がそう聞くと、守はしばらくの間、真剣な顔をして考えこみ、やがて静かに首を横に振った。「比呂子次第だよ」

「え？」

「比呂子が俺だけの女になってくれれば、俺はまともに働くようになると思う。自由でいることって、世間が考えるほど楽じゃないんだよ。時々、誰かに目茶苦茶に束縛されたくなる」

「誰か、って？」

「愛している人に、っていう意味さ」

守が、比呂子に暗に離婚を望んでいることは、言外に読み取れた。

彼女は慎《つつ》ましく、同時にきっぱりとした態度で守に聞いた。

「あたしに離婚してほしい？」

守はじっと彼女を見据え、こっくりと子供のようにうなずいた。「きみが俺ではない、別の男と夫婦だなんて、未《いま》だに信じられないよ」

卓治が離婚に応じてくれるかどうか、比呂子にはわからなかった。いくら卓治でも、妻に他の男ができたとなると、黙って後に引くようなことはないに決まっている。それに、見合い結婚というものは、もともと人間関係の絡《から》みの中で成立するものだ。離婚となると、失うものを覚悟しなければならない。

仲人《なこうど》をしてくれたのは、比呂子に卓治を紹介した営業部長夫妻であり、結婚式には、今後、彼女が仕事をするうえで、相当、力になってくれそうな業界関係者たちが総出で集まって祝ってくれた。

卓治は営業部長の遠縁にあたり、比呂子は彼と結婚することによって、いきなり、社内での立場が有利になった。

仕事ぶりがいいことも手伝って、彼女は今、次期広報室長のポストを与えられそうになっている。今ここで、卓治と離婚したら……しかも、比呂子に若い男ができたという理由で離婚したら、そうした花形ポストから、はずされてしまうだろうことは目に見えていた。

「はっきり聞くよ」守は言った。「ご主人と別れられる?」

「わからないわ」比呂子は正直に言った。「難しいの。でも、それは愛情の問題じゃないのよ。何て言うか、これまであたしが作ってきた人間関係の問題なの。それさえなければ、今すぐにでも……」

「きみが言いたいことはよくわかるよ」守は親身になってうなずいた。「誰だって、離婚によって不利な立場に追いこまれるのはいやなもんだからね。ましてきみは見合い結婚だ。いろいろ人にはわからない問題があるんだと思う」

ものわかりのいい守が、どうしようもなくいとおしく思えた。ああ、守、と言いながら比呂子は彼に抱きついた。「あの人が突然、いなくなってくれればいいのに。そうすればあたしたち、すぐに一緒になれるのに」

　そうだね、と守は低い声で言った。「いなくなってくれればいい」

　既婚者が誰かと恋におちて、抜き差しならなくなると、誰でも、こんな会話を交《か》わすものなのかもしれない。涙を流し、互いの不幸を嘆《なげ》き合い、さらに激しい抱擁《ほうよう》を繰り返すのかもしれない。

　だが、たいていはそのままで終わる。本気で邪魔な相手をこの世から抹殺《まっさつ》することなど、考えない。恋に舞い上がりながらも、心の奥底は冷めており、いずれ自分が元に戻っていくことを予感するからだ。

　しかし、比呂子は違った。彼女は卓治がいなくなればいい、と本気で願った。そうなれば、自分は気兼ねなく従来通り仕事を続けることができるし、喪《も》が明ければ、堂々と守と暮らし始めることだってできるのだ。

　とどのつまり、比呂子はそれほど守に夢中だった。

　悪魔が彼女の耳元で囁き始めたのは、二カ月ほど前のことである。

　ちょうど卓治のマンションに来ていた比呂子は、ひとりで風呂に入った。青い浴槽の脇に、ごく普通の風呂釜がついているもので、点火装置は釜の側面にある。

何気なく排気筒に目をやりながら、比呂子はかすかなガス臭が漂うのを感じた。排気筒に鼻を近づけてみた。だが、どこからにおってくるのか、よくわからない。

卓治を呼ぼうと思って、口を開きかけた。だが、彼女は、ふと、思いついて黙りこくった。ぽちゃりと湯の音がする。頭の中が、急に冴《さ》え冴《ざ》えとし始めたような感じがした。彼女は狭《せま》い浴室をぐるりと見回した。

浴室内に窓はない。換気扇がひとつ、ついているが、前の住人が壊《こわ》したために、未だ修理せずに放置されてあった。

もう一度、鼻をくんくんとさせ、においを嗅《か》いだ。錯覚だったのか、もうガスのにおいはしなかった。

かつて札幌市内のガスサービスセンターに勤務していた守から、知り合った直後に一酸化炭素中毒について話を聞いたことがある。

「ガス漏《も》れとは違うんだよ」と彼は言った。「ガスが漏れていたら、たいていすぐに気づくだろう？　泥酔していたりすれば別だけど、意識があればわかる。でも、一酸化炭素中毒の場合は、ガスの不完全燃焼が原因なんだ。ガスストーブにちゃんと火がついているからといって、安心はできない。部屋を閉め切っていたりすると、知らないうちに一酸化炭素中毒でやられることもある。俺の知ってる人は、部屋を閉め切ってマージャンをやっているうちに、四人が四人ともバタバタと倒れちゃったんだ。発見が早かったんだけど、そのうちふたりは死んだよ」

比呂子はまた、排気筒を見上げた。ガスに関しては門外漢なのでよくわからない。だが、この排気筒は確か、自然排気式というやつではなかったか。排ガス中の一酸化炭素は、この煙突を伝って外に出される。それならば……そこまで考えて彼女は身震いした。ぽちゃり、と天井から滴《しずく》が落ちた。あたしは悪魔だ、と彼女は思って怖くなった。守にこの話をすれば、彼は真面目な顔をして、とんでもない、と言ってくるかもしれなかった。それどころか、嫌われてしまうかもしれない。きみがそんな恐ろしいことを企《たくら》む女だとは、思ってもみなかったと言われるかもしれない。

だが、比呂子はその話を守にした。冗談のつもりだった。こんな馬鹿なことを考えたのよ、と。

守はしばらくの間、眉間《みけん》に皺《しわ》を寄せて黙っていた。どうしたの、と彼女は聞いた。守は応《こた》えなかった。

彼はいきなり、比呂子の両腕をきつく握りしめた。「俺を嫌いにならないでくれ」

「どうしたっていうの？」比呂子は笑った。

だが、守は笑わなかった。射るようなまなざしが比呂子を包んだ。

「頼むから、これから話す話を聞いて、俺を嫌いにならないでくれ」

「いったい、何なの」

守は唇を舐《な》め、目尻を痙攣《けいれん》させながら、聞き取れないほど低い声で言った。「排気筒にはバフラーと呼ばれる逆風止めがある。あのお碗《わん》を伏せたような形の部分だ。こいつは、屋外の排気口から空気が煙突内を通って流れ込むのを防ぐ役割をしている。簡単に言うと、煙突内に隙間《すきま》を作り、外から侵入してきた空気を逃す仕組みになっているんだ。一酸化炭素は空気よりも軽い。だから、そうやっておけば、どんどん真っ直ぐ上昇して、外に排気されるわけだ」

彼は苦しそうに小さく息を吸った。「きみは知らないだろうが、この逆風止めの内部には、邪魔板《じゃま》という三角錐《すい》に似た形をした装置がついている。これがしっかり固定されていれば、バフラー自体、うまく機能してくれるんだ。ところが、こいつがちょっとずれていると……」

やめて、と比呂子は唸《うな》った。「あなた、いったい何が言いたいの」

「聞くんだ、比呂子」守は彼女を強く揺すった。「俺たちがこういう関係を続けていることは、誰ひとりとして知らない。会うのは東京のホテルだし、利用する時はいつも偽名だ。札幌の街を腕を組んで歩いたことも一度もない。まして俺のアパートにきみが来たことは、一度しかない。しかも誰にも会わなかった。きみが、ご主人を邪魔に思っていたなんて、誰が想像するだろう。事故だ。これは不幸な事故ということになる。間違いないよ。ご主人は毎晩、風呂に入る習慣で、しかも長風呂だって言ってたね。まして、こういう季節だ。寒くなってきたから、浴室のドアはきちんと閉めてから入浴するだろう」

わなわなと震え出した身体《からだ》を必死でなだめながら、比呂子は激しく首を横に振った。守は彼女の身体から手を離し、自分のズボンのポケットをまさぐって札入れを取り出した。守札入れにはカードや運転免許証が入っていた。彼はそれらをかきわけて、一枚の名刺を取り出した。

「これ」

渡された名刺には、守の名前が印刷されてあった。札幌ガスサービスセンター、関谷守。

比呂子はそれを眺め、彼を見上げた。守は札入れをまたポケットに戻し、名刺を指さした。

「一枚だけ残しておいたんだ。なんだか捨てがたくってね。でも、それはきみが預かっておいてくれ。俺が持っていると、万が一の時、危険だ。捨ててしまえばいいんだろうが、これまた、万が一の時、何かに利用できるかもしれないし」

「あなた、いったい何の話をしてるのよ。万が一、って何なのよ」

「いいかい」守は唇を嚙《か》んだ。「俺は昔、そこに勤めていた時、センターの制服を一組、余分に手に入れた。偶然だったんだ。センターのほうの手違いでね。辞める時に返すつもりだったんだけど、あっちが言い出さなかったんで、そのままになった。そして、俺はそれを今でも、押し入れの中に持っている」

比呂子は身体をずらし、正面から守を見据えた。守はひきつったように唇を曲げ、微笑もうとした。

「それを身につければ、未だにサービスセンターの社員だと偽《いつわ》ることができる。比呂子。ということは、堂々ときみのご主人の部屋に入って、堂々と風呂釜のバフラーに細工することができる、ということだ」

「本気なの?」

ああ、と彼はうなずいた。「しかし、きみ次第だ。きみがやめようと言うのなら、俺はやらない」

「頭がおかしくなりそうよ。そんなこと、実際にできるものなの? 第一、あなたが主人の部屋に入ったら、指紋が残るわ。それにマンションに出入りする人間に見られるわ」

「指紋は手袋ひとつで問題がなくなる。それに、マンションの誰かに見られたとしたって、どこの部屋に何をしに来た男か、即座に判断できないだろ。ガスの広告塔を背負って歩くわけじゃないし。むしろ、後になってあやしまれることがないよう、細工を念入りにすることのほうが大切だ」

「……できるの？」比呂子は声をひそめた。

「これでも器用なんだ。それに、センターに勤めていた時の経験は馬鹿にしたもんじゃない。どれほど細かく調べられても、絶対にわからないよう、やってのける自信はあるよ。年月がたって、邪魔板が自然に歪《ゆが》み、はずれかかっていた、ということにすればいいんだ。誰かが事前にバフラーに細工したことがバレさえしなければ……」彼はひたと彼女を見据えた。「これは完全犯罪だ」

比呂子が恐怖にかられて黙っていると、守は彼女の髪にキスをしながら、「比呂子」と囁いた。

「俺は何だってできるんだ。信じてくれ」

※

守にニセの電話をした翌日の日曜日、比呂子は夫の顔を正面から見ることができなかった。せめて最後の別れに、と卓治の好物であるちらし鮨《ずし》を作ってやろうとしたのだが、狭苦しいワンルームマンションのキッチンに立っただけで、眩暈《めまい》がするほど怖くなった。明日の夜、この人が死んだという連絡を警察から受けることになる。そう思うと、卓治の部屋にあるものすべてに、手を触れることが恐ろしく感じられた。

午後遅く、卓治はいつもの通り、車で千歳まで見送りに来てくれて、いつもの通り、人のよさそうな笑顔で彼女に手を振った。彼女は半《なか》ば、逃げるようにして、彼に背を向けた。

月曜日は、卓治の会社の創立記念日だった。午前中、出社して祝賀会とやらに出席すればよく、午後は実質的に休みになる。決行の日を創立記念日に選んだのは、間違っていなかった。

研究開発室勤務とはいえ、サラリーマンには違いない卓治がウィークデーの昼間、自室にいることはまずない。一方、ガス器具の修理点検に業者が訪れるのは、ふつう昼間である。単身赴任の卓治が、室内のガス器具を点検してもらうには、管理人にその旨《むね》、申し出て、留守中の室内を開けてもらうよう頼むのが常識だったろう。

だが、社の創立記念日なら卓治も部屋にいることができる。管理人を通す必要は何もない。

　何もかもが、うまく運んでいた。恐ろしいほどに。

　月曜日、比呂子は普段通り、定刻に出社した。ちょうど、来春、新しく発売されるパウダーファンデーションの広告ポスターに関する会議があり、午前中はそれでほとんどが潰《つぶ》れた。

　十二時半からは、広報室長と共に、映画会社の宣伝部、制作部の人たちと、銀座で食事をする予定になっていた。化粧品会社が映画会社とタイアップして商品広告をするという企画をたてたのは比呂子自身である。その日の昼食会は、だから、比呂子がセッティングした、重要な会だった。

「サラダとコーヒーだけでいいんですか」

　銀座のフランス料理店に全員が集まり、料理をオーダーする段になって、映画会社の宣伝部長が驚いたように比呂子を見た。いけなかったろうか、と彼女は思った。今日に限って、食欲がないと思われるのは、危険かもしれない。

　だが、かといって、グルメ気取りの彼らの前で、鴨《かも》肉のステーキなどを口に入れるだけの健康な食欲はまるでなかった。比呂子は微笑んだ。「実はダイエット中でして」

「三浦さんみたいな細い方でも、ダイエットなさるんですかな。それ以上、痩《や》せたら、なくなっちゃうんじゃないですか」

「いえいえ、私は着痩せする名人なんです。私が実は相当のおデブさんであることは、うちの主人しか知りません。主人に対してもシャクですから、ここのところ、ヘルシーメニューで済ませるように努力してるんです」

「楽しそうなご家庭ですね」ひとりが微笑ましそうに言った。「確か、ご主人は札幌にいらっしゃるとか」

はい、と比呂子はうなずいた。軽い震えが両脚に走った。「家が二軒、持てたみたいで、これも結構、楽しいですよ。先週の週末もあちらに行って来たばかりです」

「夫婦仲がいいんですよ、彼女のところは」広報室長がにやにやしながら言った。「結婚七年になるのに、他の男には目もくれないんですから」

いやだわ、と比呂子は笑ってごまかしたが、内心、ほっとした。やはり誰ひとりとして、守の存在に勘《かん》づいてはいないのだ。

オーダーした料理が次々に運ばれて来て、食事が始まった。和《なご》やかな雰囲気のうちに、おもむろに仕事の話が進められ、比呂子が相手方の出席者たちに好感を持たれたためか、タイアップの話はとんとん拍子《びょうし》に決まっていった。

全員がメインディッシュを食べ終え、食後のデザートを注文する段になって、映画会社の制作部長が、次の話題作についての話を始めた。

「動物映画なんですよ」その男は嬉《うれ》しそうに言った。ほう、と広報室長がうなずいた。

「やはり、今は動物を主体にした映画がヒットするんでしょうか」

「そうなんです。ここ二、三年のヒット作を見ても、ベスト3はすべて動物映画でした。むろんドキュメンタリー形式のものではなく、あくまでもフィクションで、人間と動物のふれあいを描いたものに限られるんですがね」

「犬や猫やクマが出てくるだけでも、このせちがらい世の中、何かほっとするものがありますからねえ。で、次回の映画というのは、どんな動物が主人公なんですか」

「設定自体はちょっと悲惨なんですよ」制作部長は、ハイライトに火をつけ、深々と吸い込んだ。

「保健所が野良犬を保護して、収容所にいれますよね。犬たちは数日の間、飼い主が現われるのを待つわけですが、もともと飼い主のいない、捨てられた犬たちは、引き取り手が現われないと、安楽死させられる。ガス室にいれられるわけです」

「存じてます。その犬たちの話ですか」

「ええ、彼らをファンタスティックに描くわけですよ。人間が彼らを救うために、右往左往し、安楽死させようとする者と大喧嘩をするとかね。ガス室を破壊して仲間を逃がそうとする利口な犬が現われたり……」

「なるほど、それは面白《おもしろ》い」広報室長は、相槌《あいづち》を求めるように比呂子の顔を見た。「捨てられたペットのガス室送りは、私なんかもぞっとしますよ。動物好きにとっちゃ、あれはナチの強制収容所と同じに見えますからねえ。うちの子供たちなんか、半狂乱になって怒ってますよ。人間のやることじゃない、って」

比呂子はカタリと音をさせて、突然、椅子《いす》から立ち上がった。テーブルの上のミネラルウォーターの瓶《びん》が倒れそうになった。全員が彼女を怪訝《けげん》な目で見た。

「失礼」と彼女は小声で言った。「ちょっとお化粧室に」

「どうぞ、どうぞ」

震えないよう気をつけながら、比呂子は全身を緊張させて化粧室に入り、ドアにしっかり鍵《かぎ》をかけた。

心臓が喉元《のどもと》までこみあげてきそうな感じだった。

カナリヤ……。

つがいの巻き毛カナリヤがいたことをすっかり忘れていた。自分も卓治の部屋に行くたびにカナリヤの世話をし、可愛《かわい》がった。今では、鳥のほうでも、彼女のことがわかるらしく、彼女が行くと嬉しそうに首を傾《かし》げる。顔を近づけても怖がらない。

カナリヤ……。比呂子は低くつぶやいた。どうしよう。卓治と一緒に、あのカナリヤも死んでしまう。ガス室送り、という言葉が耳の奥でわんわん鳴り出した。あれはナチの強制収容所と同じですよ……。

卓治が気を失う前に、多分、あのつがいの美しいカナリヤは一酸化炭素をいやというほど吸い込んで、ポトリと籠の下に落ちてしまうだろう。つやを失った黄色い羽を拡げ、血の気をなくした白いくちばしを半開きにして……。

比呂子は身震いした。そんなかわいそうなことはできるわけがない。どうして、そのことに気づかなかったんだろう。気づいていれば、こんなことは実行に移さなかったのに。

腕時計を見た。一時三十五分。間に合うかもしれない。守のアパートから、卓治のマンションまでは、車でほんの十分程度だ。まだ守は自分の部屋にいるかもしれない。

彼女は大慌てで化粧室から飛び出し、いかめしい雰囲気でじっと立っていた店のギャルソンに「電話は？」と聞いた。「どこにありますか？」

指し示された方向に小走りに走るようにして行き、店内にしつらえられた電話ボックスに飛び込んだ。

受話器を取り、守の電話番号を押す。中止よ、と叫ぶつもりだった。中止？　それとも、延期？　そんなことはどうでもいい。ともかく、今日の決行だけは見合わせるのだ。守だってわかってくれるだろう。彼は動物好きだと言っていた。むやみやたらと、小さな命を殺すなんて、想像しただけでぞっとするではないか。カナリヤをどこかに引き取らせるなり何なりしないと、今回の計画は実行できない。してはいけない。

　電話がつながり、コール音が鳴り始めた。二回、三回、四回、守は出ない。

　もう一度、フックを押し、かけ直してみる。何度かけても、守は出てこなかった。

　腕時計は一時四十分を指している。もう、守は出発してしまったんだ。道路の混雑を考えて、早めに出たのかもしれない。

　どうしよう、と比呂子は思った。夫に電話して、カナリヤをベランダに出しておくように言おうか。まさか！　そんなわけのわからないことを言ったら、いくら卓治だって、おかしいと思うに決まっている。

　ボックスの中から、広報室長が妙な視線を彼女に送ってくるのが見えた。大事な会食なのに、長々と中座して、いったい何をしているんだ、と思っているらしい。

　落ち着いて、と彼女は自分に言いきかせた。まだ時間はある。たとえ、予定通り、守が排気筒に細工をしたとしても、卓治が風呂を沸《わ》かさない限りは大丈夫なのだ。

　なんとかして、風呂を沸かさないよう、卓治に伝えるしかない。でも、どうやって？

ガスサービスセンターの人間が、ガス釜を直してくれた後なのだ。何故《なぜ》、風呂を沸かしてはいけないのか、卓治を説得するだけの理由があるだろうか。

それに、今日は卓治は休みの日なのだ。守が細工を終え、帰ってから、早めに風呂を沸かして入ろうという気にならないとも限らない。東京でも、秋が深まり、だいぶひんやりとしてきた。札幌は、もっと寒い。寒がりの卓治は風呂に入ることをいつも楽しみにしている男だ。

受話器を握りしめたまま、茫然《ぼうぜん》としていると、ふいにボックスのドアをノックする音がした。はっとして見ると、広報部長が渋面《じゆうめん》を作って立っていた。

受話器を元に戻し、ひきつった笑《え》みを浮かべながら、比呂子はドアを開けた。

「何をしているんだ。最後のしめくくりに、契約の話を始めようとしていたところなんだよ。急ぎの連絡があるの？」

いえ、と比呂子はごまかした。「ちょっと思い出した用があったものですから。すみません。今すぐ行きます」

それからは文字通り地獄の時間だった。彼女はうわの空で仕事の話を進め、一分ごとにテーブルの下で腕時計を見た。二時、二時五分。二時十四分……。

すでに守は浴室に入り込み、必死になって排気筒と格闘していることだろう。今、卓治に電話してさりげなくお喋《しゃべ》りをし、浴室にいる守になんとかして、計画の中止を伝えることはできないだろうか。

「三浦くん」広報室長が言った。「三浦くん、部長がきみにご質問をなさってるんだよ」

はっとして、また現実に戻る。彼女は微笑み、ぼんやりとしていたことを詫《わ》びた。

店を出たのは二時半過ぎだった。呼んでおいたハイヤーで、映画会社の人々を見送ると、室長が「やれやれ」と言った。「なんとか、うまく決まったもんだな。ところできみ、具合でも悪いんじゃないの？　顔色が悪いよ。さっきもうわの空だったし」

比呂子は目を上げ、しばらく考えた後で、「あのう」と言った。「なんだか気分が悪くて……。今日はこれで早退させていただいていいでしょうか」

室長は、なんだ、やっぱりそうだったのか、といった表情で大きくうなずき、心配そうに顔をしかめた。「いいとも。どうしたんだろう。風邪かな。早く帰って休んだほうがいい。今の話のまとめは明日の午後にでも会議に提出することにするから。何だったら、明日も休めばいいよ」

「はい、お言葉に甘えます」

ちょうど空車タクシーが走って来たところだった。比呂子は手を上げて車を止め、室長に挨拶《あいさつ》してから、ひとり中に乗り込んだ。

「羽田」と彼女は言った。「急いでください」

※

空港に着いたのは三時半ごろだった。比呂子は近くにあった公衆電話の受話器をはずし、頭の中で言うべきことをまとめた。

どう考えても、自分がこれから札幌に行くと言うのが一番いい方法のように思えた。千歳まで卓治に迎えに来させれば、その間、彼が風呂に入る可能性はなくなる。ふたりで一緒にマンションに戻り、適当なことを言って今夜、風呂には入らないように仕向けるのだ。

そして、明日、卓治が出社した後にでも、本物のガスサービスセンターに電話して、すぐに来てもらう。バフラーを直してもらい、安全が保証されたら、そこで東京に戻ればいい。守には電話でその旨、伝えよう。あの恐ろしい計画に関しては、しばらく考えたくない、と。

卓治の電話番号を押そうとして、比呂子は途中で指を止めた。

何と言えばいいのだろうか。これから急遽《きゅうきょ》、札幌に行く理由を何と説明したらいいのだろう。何か急用ができたことにすればいいのだろうか。

急用……そんなものが札幌にあるわけがなかった。親戚がいるわけではなし、札幌に仕事の得意先を持っているわけでもない。

しばらく必死で考えて、比呂子は名案を思いついた。札幌の広告代理店と化粧品のＰＲについて打ち合わせすることになった、ということにすればいい。卓治に詳しいことを聞かれるかもしれなかったが、その時はその時だった。口から出まかせで、一時しのぎするしかない。

比呂子は電話機のボタンを押した。三時四十分。すでに風呂を沸かしているなんてことがありませんように。もう、虫の息だなんてことがありませんように。

コール音が始まった。長い長いコール音。

出てよ！　と彼女は口走った。お願い。出て！

だが、電話には誰も出なかった。

買物にでも行ったんだろうか。それとも、ゴルフの練習？　囲碁《いご》の会？

受話器を戻すと彼女はチケットカウンターに走り、その日の四時十五分発札幌行きのチケットを買った。千歳からはタクシーを飛ばして卓治のマンションに行けばいい。万が一、すでに卓治が風呂を沸かしかけていたとしても、千歳から電話して、風呂よりも先に食事にしよう、と言えば何とか食い止められるかもしれない。

飛行機のシートにつくと、彼女は祈る思いで両手を合わせた。馬鹿なことをしたものだ、と思い知らされるような感じがした。目が覚めるというのは、こういうことを言うのかもしれない。守に夢中になるあまり、前後のことなど考えもしなかった。カナリヤのことを思い出したのは、神の警告とも受け取れた。実行したら、必ずや恐ろしい運命が待ち受けているのだよ、という警告。

頭が激しく痛み、胸がむかむかした。熱が出てきたようだった。

比呂子は卓治のことを考えた。どう考えても、あの人は悪い人じゃない。いや、むしろ、もったいないほどの好人物だ。優しくて、思いやりがあり、それなりの才能を持ち、家庭を大切にする男なんて、今の世の中、希少価値と言っていいのではないか。

守は確かに魅力的だ。夢中だし、今もその気持ちは変わらない。だが、それがいったい何なのだ。報《むく》われない恋に対しては、誰だって必要以上にロマンティックになる。危険を冒《おか》したくなる。そのことに酔っていただけではないのか。

自分は守と結婚することを望んでなどいなかったのかもしれない。片方で、落ち着いた家庭を営み、もう片方でフランス映画のような熱い恋をしていたかっただけなのかもしれない。

卓治のあの、薄くなりかけた頭や、薄汚れたパジャマ姿でテレビを見る丸い背中が思い出された。決して美しい姿ではないが、あの人の持つ温かい雰囲気は、どんな美しい姿かたちよりも貴重なものだ、と彼女は思った。

死なないで。比呂子は呻いた。通路を歩きまわる客室乗務員が怪訝な顔をして比呂子を見下ろした。

「ご気分でも？」

「いいえ」比呂子は言った。「大丈夫です」

千歳空港には定刻通り着陸した。比呂子は真っ先に機体から飛び出し、公衆電話に走った。卓治ののんびりした声が、「もしもし」と言った。

ああ、と彼女は涙声になりそうになって、慌てて鼻をすすった。「あたしよ。よかった。よかったわ」

「どうしたんだ。今、どこにいる」

比呂子は簡単にわけを話し、食事を一緒にしたいから、そのまま待つように伝えた。いいよ、と卓治は言った。「一緒に食べようかな。カレーを作ったところなんだ」

※

卓治の部屋は暖かく、カレーの匂いが充満していた。つがいの巻き毛カナリヤが、元気に餌《えさ》をついばんでおり、比呂子が近寄って行くと、チッ、チッ、と鳴いて歓迎の意を表した。

涙が出そうになった。比呂子はよろけるようにしてソファーに座った。

「東京から電話をくれれば迎えに行ったのに」卓治が大皿に不器用な手付きで御飯を盛りながら言った。

「電話したのよ。そしたらあなた、いなかったわ」

「何時ころ？」

「三時半ころだったかしら」

「ああ、その時間なら、買物に行ってた。新しいゴルフのパターが欲しくなってね。デパートをぶらぶらしてたんだ。結局、買わなかったよ。高くてね」

「そうだったの」比呂子は微笑んだ。卓治は浴室のほうを指さして、微笑み返した。「ガス会社の人、約束通り来てくれたよ。なんだか、排気筒のナントカっていうやつの調子が悪くなってたんだってさ。ちゃんと直してくれたから、もう大丈夫だと思うよ」

胃のあたりにしびれが走った。比呂子は「そう」と言った。「でも、今夜はお風呂、やめましょ」

「どうして？」

「あの……あたし、ちょっと風邪気味なの。さっきから頭が痛くて」

「どうりで、顔色が悪いと思ったよ。薬を飲んだほうがいい。悪い風邪が流行《はや》ってるようだからね。気をつけないと」

「そうね」比呂子は目をそらした。「あの……だから、あなたも今夜はあたしにつきあって一緒に早く寝ましょ。お風呂はやめにして」

「俺は風邪をひいてないよ」卓治はあっさりと言った。

「わかってるわ。でも、お風呂は明日にしましょ。ね、一緒に明日、入りましょうよ。あたし、明日いっぱいこっちで仕事をして、もう一泊するから。それに……あたし、明日はあなたが帰って来るまでに、ここを掃除しておいてあげるわ。お風呂も磨いて、きれいにしておくし、それからお風呂に入りましょ」

ほとんど意味が通じない話だったにも拘《かか》わらず、卓治は、ふうん、と言って素直にうなずいた。

「さ、食べなさい。食べたら薬を上げるよ。そして、ぐっすり寝たほうがいいよ。きみは俺に比べてよっぽど忙しい身の上なんだから」

食欲などまったくなかったが、比呂子はこんもりと盛られたカレーライスの皿を受け取り、テーブルの上に置いた。

「そうそう」と卓治は思いついたように言った。「あのカナリヤね、人にあげてしまおうかと思って」

え？　と比呂子は彼を見た。卓治は目を細めて鳥籠を見つめ、「欲しい、って言ってる人がいてね」と言った。「それに、鳥がいると、俺はなかなか東京に行けなくなるし。可愛がって育ててきたから、手放したくないんだが、仕方ないよ。こんな状態じゃ、ペットを飼うのは無理なんだよね」

比呂子はうなずいた。カナリヤがいなくなったとしても、あたしは二度と、こんな恐ろしいことはしないだろう、と思った。

「熱、あるの？」卓治が聞いた。少し、と比呂子は言った。彼は心から心配そうな顔をして、右手を伸ばし、彼女の額を押さえた。

「うん。微熱があるなあ。悪くならなければいいけど」

優しくされると泣いてしまいそうだった。比呂子は目をそらし、口の中にカレーライスを放り込んだ。

食後、卓治はキッチンのキャビネットの中から薬を取り出し、比呂子に手渡した。「これは効くよ。飲むといい。俺が昔、東京にいた時にうちの会社が開発した薬で、胃を荒らさないんだ」

「なあに、これ。風邪薬なの?」

卓治はうなずいた。風邪などひいてはいないのに、と言いたかったが、比呂子は我慢した。単に恐怖と緊張が高《こう》じて、熱っぽくなっただけだということは、一生、彼には秘密にしておかねばならない。

ありがとう、と比呂子は言い、錠剤《じょうざい》を三粒、手の平の上に転がした。卓治が水をくんで持ってきた。彼女は水と共に錠剤を飲みほした。

「洗いもの、あたしがするわ」

「いいよ、いいよ。きみは寝てなさい。布団《ふとん》を敷いてあげよう。ぐっすり眠れば、明日はだいぶよくなってるよ。風邪には休息が一番だ。あんまり忙しく働くと身体をこわすよ」

そうね、と彼女はうなずき、また目の縁が熱くなってきたので、笑ってごまかした。

卓治が布団を敷き、彼女のパジャマを出してくれた。比呂子はパジャマに着替え、横になった。ふわふわとしたいい気持ちだった。もう、何も考えたくなかった。

「あなた」と比呂子は言った。彼女の洋服をハンガーにかけている卓治が振り返った。

「何？」

卓治の顔に守の端整な顔が重なって見えたように思った。比呂子は慌てて目をつぶり、

「ううん」と言った。「なんでもない」

守のことも、今回の恐ろしい企みのことも、何もかも忘れたかった。もう、たくさんだ。

だるい身体が、幸福で安全な真綿にくるまれているような感じがした。比呂子は寝返りをひとつ打つと、枕に頰《ほお》を押しつけた。

※

妻が寝入ったのを見届けると、卓治はおもむろに立ち上がって、なるべく音をたてないよう注意しながら、洗いものを始めた。比呂子と結婚するまでは、洗いものひとつさえ、満足にできなかったものだが、今ではだいぶ鍛《きた》えられて、きちんと隅々まで洗うことができるようになっている。

カレーの鍋を覗《のぞ》くと、まだだいぶ残っていた。彼は比呂子がほとんど食べなかったのを

思い出し、相当、妻は身体の具合が悪かったんだろう、と哀《あわ》れに思った。あんなに働いているると、ストレスもたまるんだろう。少し、身体を休めるよう、言ってやらなければ。今はまだ若いからいいが、四十を超すと男も女も、身体に変調をきたすようになるものだし……。

洗った食器をていねいに布巾《ふきん》で拭《ふ》き、小さな食器ケースに収めた。壁にかかった時計を見る。

八時二十分。あいつらは今ごろ、楽しんでいるんだろうな。

ふと、河島《かわしま》未亡人の顔が思い出された。

去年の今ごろ、研究開発室の部下で河島という男が交通事故で死亡した。幼い女の子と共に残された未亡人に、同僚たちが盛んに世話を焼きたがったのも無理はなかった。未亡人はなんとも可憐《かれん》で、美しく、ニンフのように清潔な感じのする女性だったからだ。

卓治も何度か会いに行き、その美しさに魅了された。憧《あこが》れてしまった、と言ってもいい。

だが、だからといって、今後、その河島未亡人と具体的にどうこうする、などという大それた計画はまるでなかった。淡《あわ》い憧れ。それで充分だった。未亡人が自分を男として好いてくれるなんて、滑稽な夢物語なのだ。

比呂子にはその話はしたことがない。比呂子がやきもちを焼くような話ではないのだが、恥ずかしくて、未亡人のことを口にすると思っただけで、顔が赤らんでしまう。今日は社の創立記念日で、研究室の連中が河島未亡人の自宅を訪ね、亡《な》き河島の供養も含めて、深夜まで飲む、と言っていた。卓治も誘われてはいたのだが、どうも気恥ずかしくて曖昧《あいまい》にしか返事をしなかった。未亡人と面と向かうと、何も喋れなくなってしまうのだ。

卓治はふとカナリヤの籠に目をやった。カナリヤのつがいを欲しがったのは、未亡人だった。それも本人から直接、言われたのではない。研究室の部下が、未亡人がそんなことを言っていた、と卓治にもらしただけだ。三浦さん、カナリヤがいると、東京の奥さんのところになかなか行けなくなるって言ってたでしょ、とその男は言った。ならば、彼女にプレゼントしたらどうですか。喜びますよ、きっと。

卓治もその通りだ、と思った。どうせもらってもらうなら、彼女のような人にもらってもらいたい。なんだか、自分の分身をおすそ分けするみたいで、ロマンティックではないか。

プレゼントするなら、今夜が最適のはずだった。亡き河島の供養に、同僚が集まっているのだ。カナリヤは未亡人の気持ちをさらに和ませることになるだろう。

これから行こうか、と彼は思った。比呂子はぐっすり眠っている。この分だと、朝まで起きないだろう。

卓治はさっき比呂子に飲ませた風邪薬の瓶を取り上げ、間違いなく催眠鎮静剤入りの薬であったことを確かめた。悪くなりそうな風邪や、ひどく疲れた時にひいた風邪には、催眠鎮静剤入りの薬が一番なのだ。疲れすぎている時は眠れないもので、それが風邪にはもっともよくない。たいていの風邪はたっぷり眠れば治るのである。

比呂子の規則正しい寝息が聞こえる。カールした髪の毛が、ピローケースの上に拡がり、呼吸にあわせてふわふわとかすかに動いているのを見つめながら、卓治はいとおしいものを感じた。

彼女のように、自分には過ぎた美しい女、才能のある女が妻になってくれたことを思うと、つくづく自分の幸福を感じないわけにはいかなかった。彼はクローゼットを静かに開け、外出用の暖かいジャケットを着た。

ポケットに財布とハンカチを入れ、腕時計をはめる。そして、少し考えた後、そのまま浴室に行った。

留守にしている間、ストーブをつけっ放しにしておくのは危険だった。比呂子が寝相を悪くして、倒してしまうかもしれない。かといって、まったく暖房をせずに出かけるのも、気がかりだった。妻の風邪が悪くなってしまう。

とっておきの方法は、浴槽に湯を沸かし続けておくことだった。これまで、卓治は自分が風邪をひいた時、何度か同じようにして、部屋を暖め、適度な湿気を吸収したことがある。

比呂子に言えば、そんな野蛮なことはやめなさいよ、と目をむいて言われるに決まっていた。もしも、お風呂が空焚《からだ》きになってしまったら、危ないじゃないの、と。

だが、どう考えても、風邪の時にはこれが一番いいのだ。浴槽内で湯が沸けば、たちのぼる湯気は思いのほか、柔らかい。荒れた粘膜にはとっておきの薬になる。

卓治は浴槽に水を張り、あふれんばかりに満たしてから、ガスを点火した。温度を低めに調節しておけば、蒸発の速度はゆるくなるだろう。どうせ、それほど長くは留守にしないのだ。空焚きしてしまうことには決してなるまい。

我ながら野蛮だな、と思った。彼は苦笑した。比呂子にいつも言われるが、俺は粗忽者《そこつ》なのだ。原始人みたいなことばかりしか、思いつかない。

排気筒を修理してもらったから、ガス漏れの心配もなかった。卓治は満足して、浴室から出、ドアが半開きになるように、椅子でドアを押さえた。そうやっておけば、湯気が室内に満たされる。

比呂子は身動きひとつしていない。卓治は静かに足をしのばせて、窓辺のカナリヤの籠を取り上げた。籠を風呂敷でくるみ、思いついて餌の入った瓶も中に入れた。河島未亡人はさぞかし喜ぶことだろう。それに俺は、これで気兼ねなく比呂子のいる東京の家に帰れる。やっぱり、単身者が生き物を飼うのは、考えものだった。本社に戻れたら、比呂子と一緒に犬でも飼おう。ペットを飼うのは、それまでお預けだ。

部屋の窓がきちんと閉まっているかどうか、確かめた。隙間風は、風邪にもっともよくない。

浴室のガス釜を覗くと、青い正常な炎が見えた。湯が沸き上がるまで、時間がかかるだろうが、ちょうどいいかもしれない。どうせ、深夜にならないうちに帰って来るのだから。

卓治は財布を覗き、がっかりした顔をした。一万円札しか入っていない。河島未亡人のところまでタクシーに乗って行くつもりだったのだ。最近の運転手は支払いの時に一万円札を出すと、露骨にいやな顔をする。

彼は妻の持って来たショルダーバッグに目を落とし、妻の財布から細かい金を借りよう、と思った。

比呂子のバッグにはいろいろな物が入っていた。化粧品、アドレスノート、スケジュール手帳、パーカーのボールペンに、携帯用香水噴き……。

見慣れた赤い革の小銭入れを取り出そうとした時、手帳が開き、一枚の名刺がすべり落ちてきた。

なにげなくそれを眺め、卓治は、へえ、と思った。

『札幌ガスサービスセンター　関谷守』

おととい、比呂子が電話して、ガスの修理を頼んだのはこの男だったのか。なんだか、電話帳をひっくり返して、センターの番号を調べていたように思ったが、錯覚だったのかもしれない。

彼は名刺を裏返しにしてみた。何も書かれていない。

おおかた、札幌のどこかのデパートで、ガス器具展示会でも開催された時、派遣された男に違いない。比呂子のやつ、デパートに行って、展示会を覗き、この男にガスの説明でも受けたんだろう。突然、ガスのことばかり、心配するようになったのも、この男の説明を聞いたせいだったのかもしれない。

比呂子も困ったやつだ、と卓治は苦笑した。すぐ人に左右されるんだから。この分じや、水道局の男の説明を受ければ、今度はマンションの給水タンクにはネズミの死体が浮いてる、などとわめき出し、電力会社の男の説明を受けたら、漏電《ろうでん》が心配になってまた大騒ぎするのかもしれないいな。

まあ、いいさ、と彼は目を細めた。暮らしの中のことを神経質なほど安全にしたがるところが、比呂子の長所でもあるのだから。

卓治はその名刺をひらひらさせながら、ちょうどいい、と思った。今度また、ガスの調子がおかしくなった時は、ここに電話することにしよう。

彼は名刺を冷蔵庫のドアにマグネットで張りつけ、満足そうにうなずいた。比呂子にはいつも、だらしがない、と文句を言われていたが、彼女に尻を叩《たた》かれているうちに、細かいことにも気がつくようになった。昔の俺だったら、ガス会社の人間の名刺を保管しておくことすらしなかったろう。

卓治はカナリヤの籠を携《たずさ》え、部屋の電気を消して、ドアの外に出た。鳥が少し驚いて羽をばたつかせた。

玄関に鍵をかけ、廊下を歩き、エレベーターに乗った。未亡人のことを考えて、いくらか顔が赤らんだ。決して、自分にはなびいてくれないと知っている人に対しては、案外、楽に想像を拡げられるものだ。これは俺のたったひとつの、ささやかな楽しみになるだろう、と彼は思った。

一階のエントランスホールに降りると、ちょうど管理人の女房が、外の植木鉢を中に入れているところだった。

「こんばんは」と卓治は言った。管理人の女房は「こんばんは」と挨拶を返した。「これからお出かけですか」

「ちょっとね。カナリヤを人に届けに」

「あら、三浦さん、カナリヤを飼ってらしたんですか。ちっとも知らなかった」

「飼ったはいいけど、なかなか東京に戻れなくなるんで、この際だからと思ってね」

「そうですよねえ。ペットはほんとに大変。ところで三浦さん、今日、うちのマンションにガス屋か何かが来たの、知ってらした？」

「は？　ガスの修理なら、うちが頼んで来てもらいましたけど」

「おや、お宅だったの」管理人の女房は、ほっとしたように笑った。「そう。だったらいいんだわ」

「それがどうかしましたか」

「いえね。おかしな人だと思ったんですよ。ずっと、マンションの前に普通の乗用車を止めてたし。降りて来たと思ったら、ガス屋の制服を着てるでしょ。あれ、あの人、なんで会社の車で来なかったんだろう、と思いましてね。でも、ちゃんとした人だったのならよかった。最近じゃ、おかしな人が多いですからね」彼女は、皺っぽい唇を歪めて、〝へ〟の字を作った。「お宅、ガスが故障したんですか」

「いや、大したことはありませんよ。女房がこの間っから、突然、ガス臭い、ガス臭い、って言い出したもんですからね。私は鈍いのか、全然、感じなかったんですが。おととい だったか、勝手にガス屋を電話で呼んじゃったんです」

そう、と管理人の女房は微笑んだ。「奥様はお元気ですか」

「今、部屋にいますよ」卓治は天井を指さした。「昨日、東京に戻ったばかりなのにね。何か、仕事があるとかで、さっき、夕方の便でまた来たんです。風邪気味らしくてね。今、寝かしたところですよ」

「まあ、そう。風邪が流行り出してますものねえ。お大事にとお伝えください」

ありがとう、と卓治は言い、挨拶をしてマンションを出た。外はぴりぴりするほど寒く、空には星が瞬《またた》いていた。

片手にぶら下げた鳥籠の中で、カナリヤがチッ、と鳴いた。鼻唄が自然に口をついて出た。彼は軽い足取りで、大通りに向かった。

追いつめられて

その時、新宿の地下ショッピングセンターにある宝石店には、優美《ゆみ》の他に二組の客がいた。一組は母娘連れで、母親が娘のために真珠のネックレスの品定めをしてやっている。もう一組は婚約者同士なのだろう。会社帰りふうの背広姿の若い男が、とろけそうに甘ったるい表情をした女にエンゲージリングを選ばせているところだった。

宝石の安売りで知られるその店に、店員は三人。女がふたりに男がひとりである。二組の客にそれぞれ女の店員がつきっきりだったため、中年の男の店員が足早に優美のほうにやって来た。

まずいな、と優美は思った。こんなはずじゃなかった。客が少なすぎる。もっと、ごった返していたはずなのに。

「お安くなってますよ」男の店員が、デパートの地下食料品売場の売り子のように、気安く彼女に声をかけた。「全部、鑑定書つきで、この値段ですからね」

店員が着ているジャケットの胸には『吉田《よしだ》』と書かれたネームプレートがついている。

優美は軽く微笑《ほほえ》み返しながら、やっぱり今日はとりやめにしよう、と思った。出直したほうがいい。別に今日でなければいけない理由は何もないのだ。

決心してしまうと気が楽になった。彼女は軽く息を吸うと、鍵《かぎ》付きショーケースの中に陳列されている宝石指輪を眺め始めた。

ダイヤ、ルビー、サファイヤ……。どれもこれもプライスカードの上に赤い線が引かれ、店員が言うようにかなり安くなっている。中でも、百二十万円から七十九万円にプライスダウンされている二連のダイヤの指輪が目についた。

「珍《めずら》しいデザインだわ」優美はケースの上からその指輪を指し示しながら、誰に言うともなく言った。どうしてそんな言葉を吐いてしまったのかわからない。ただ黙っていればよかったのだし、もし何か言うのだったら、「わあ、素敵」などと、そこらのＯＬのように可愛《かわい》い溜息《ためいき》でもついていれば問題なかったのだ。

珍しいデザインだわ……それは宝石マニアか、あるいは宝石を今日、この場で購入しようと計画している女特有の言い方だった。

案の定、『吉田』はいそいそとケースの鍵を開け始めた。「いかがでしょう。ごらんになってみては……」

結構よ、とは言えなかった。いくら今日は実行しないと決めたからと言って、そのまま店を出てしまうのは、何だか不自然である。

優美は、はめていた黒革の手袋をこれみよがしに店員の目の前で脱《ぬ》ぐと、彼が出してくれたその指輪をはめてみた。

「いいわ、なかなか」

「でしょう？　有名なジュエリーデザイナーの手によるものでして。ご存じでしょう？　ほら……」

『吉田』が言ったデザイナーの名は知らなかった。優美は曖昧《あいまい》に微笑んだ。

その時、店の自動ドアが開き、がやがやと四、五人の初老の女たちが入って来た。全員、茶会の後なのか、上等の着物に身を包んでいる。『吉田』は女たちのほうをちらりと見ると「ああ、これはこれは」と頭を下げた。「皆様、おそろいで……」

女たちは優美から離れた場所に立ち、何がおかしいのか、どっと笑った。『吉田』は優美に「ちょっと失礼」と言うと、そのまま女たちのほうに行ってしまった。

一瞬、時間が止まったような感じがした。優美は万引をする時になるときまって感じる、不思議なわななきを覚え、頭がくらくらした。

チャンスだった。突然、やって来たチャンス。さっきから店にいた客はまだ品物を選びかねていて、店員たちは優美のほうを見ようともしない。『吉田』は、グループでやって来た女たちと談笑している。

そして自分の指には市価百二十万円もするダイヤの指輪が……。

優美はさりげなく指輪のケースに蓋《ふた》をし、元あった場所に戻したふりをすると、指輪がはまったままの手に再び手袋をはめて、しばらくの間、わざと店内をぶらぶらした。心臓が破裂せんばかりに高鳴り、口の中がからからに乾いた。

「だからね。これと同じものをタイピンにして、うちのゴキブリ亭主にプレゼントしたいわけよ」

着物を着た女が、自分の帯留を『吉田』に見せながら声高《こわだか》に喋《しゃべ》っている。ちょうど、他の女たちが周《まわ》りを囲むような形をとっていたので、『吉田』からは優美が見えなかった。

焦《あせ》らないで！　優美はそう言いきかせながら、ごく普通の足取りで店を出た。膝《ひざ》がガクガク震《ふる》える。自動ドアが背後で閉まった。誰も追って来る気配はない。地下街の角を曲がり、宝石店が見えなくなったところで、彼女はトイレに飛び込んだ。

ボックスに入り、鍵を閉めてしまうと、泣きたくなるような喜びにかられた。成功！　大成功！　やめようと思っていたのに……それにもともと、こんな大それたものではなく、安物のチェーンネックレスかイヤリングを万引するつもりでいたのに……こともあろうに、これほどの収穫があったなんて！

彼女は用意してきた別のコートをショッピングバッグから取り出し、それまで着ていたコートの代わりにそれを着た。ポニーテールふうに結《ゆ》っていたロングヘアのゴムをはずし、肩に下ろす。黒ぶちの眼鏡《めがね》をかけ、盗んだ指輪をショルダーバッグの小ポケットの中におさめると、彼女は悠々《ゆうゆう》とボックスを出た。

鏡に向かってそれまでつけていた真っ赤《まか》な口紅をティッシュで落とし、ピンク色の口紅とつけ替える。ちょっと見たところでは、さっき宝石店にいた女とは別人のようになった。

さあ、帰ろう。優美は浮き浮きしてきた。今夜の冒険はこれでおしまい。五日前に引っ越したばかりのアパートの部屋の片づけもまだ終わっていない。これから帰って、キッチンの壁にお気に入りのキッチンボードをはりつけよう。トイレにも新しいカバーをかけて……。

引っ越した先のアパートは、ごく普通のモルタルアパートだったが、七畳の洋間と四畳ほどのダイニングキッチンつきで、前にいたアパートよりも家賃が安いのが魅力だった。大家が同じ敷地内に住んでいるのが気になったとはいえ、環境も日当たりもよく、なかなか気に入っていた。

ひとりでニヤニヤしながらトイレを出る。地下ショッピングセンターの喧噪《けんそう》をかいくぐって、奇妙な笛の音《ね》を聞いたのはその時だった。

宝石店の前あたりから紺色の制服に身を包んだガードマンがふたり、優美のほうに向かってやって来た。四つの目がまっすぐ彼女を見つめている。反射的に優美は顔をそむけ、早足で歩き出した。しばらく行くと、駅ターミナルに通じる広場に出た。もう我慢できなくなった彼女は、駆け出した。行き交《か》う人々がみんな、不審そうに彼女を見ている。

地下街に流れるクリスマスソングも、雑踏のざわめきも何も聞こえなかった。優美は恐怖にかられながら、ひたすら走った。もうだめだ、と何度も思った。馬鹿な私。万引常習犯として、新聞にも載《の》るんだ。もう、一生が目茶苦茶になるんだ。

三段とびにして地上に出るための階段を駆け上がり、もうそれ以上走れなくなって、優美は立ち止まった。後ろから羽交《はが》いじめにされる時、頼むから通行人に目立たないようにやってほしい、と願った。

彼女は立ち止まったまま目をつぶった。大通りの車の騒音が、まるで脱穀機の音のように聞こえる。まだ七時だというのに、酔っぱらいの怒号がその車の音に混じった。

長い時間がたったような気がした。優美はまだ誰にも羽交いじめにされずに立っていた。彼女はそっと目を開け、おそるおそる階段の下をのぞいた。人影はなかった。

信じられない気持ちだった。だとすると、あれは何かの間違いだったのだろうか。ガードマンは巡回していただけなのだろうか。

優美はそのまま、横断歩道を渡り、やって来た流しのタクシーを拾うと、自分の住んでいる街の名を告げた。

途中、何度も振り返ったが、追われている様子はまったくなかった。クリスマスが近づいた都会は、イルミネーションの光の渦《うず》に埋もれて、ひたすらざわざわと騒がしい。

よかった……。優美はほっとして泣きたくなった。もう、こんな遊びはやめよう……そう思った。明日からは品行方正な商事会社のＯＬとして、ごく普通に生きよう。秘密のスリルを求めて馬鹿な真似《まね》をするには、もう年を取りすぎている。二十七歳。やっぱり、みんなのようにおとなしく結婚でも考えて、優しい気持ちで生きるほうがいいんだわ。

そう考えると気分が落ち着いてきた。優美は車のシートに身を沈め、深々と息を吸った。

※

翌日の夕刊に、小さな記事が載った。新宿の地下ショッピングセンター宝石店で、百二十万円相当のダイヤの指輪が店員が目を離したすきに、変装した若い女に盗まれた。同様の手口による悪質な万引の被害はここのところ急増しており、警察ではその対策に乗り出した……そんな記事内容だった。

　優美は震え上がった。やっぱりあの時のガードマンは自分を追いかけるために、こっちに向かって来ていたのだ。途中まで追いかけて見失ったため、警察に届けたのかもしれない。

　殺人を犯《おか》して逃げまわっている逃亡者のような気分だった。これまで数えきれないほど万引をしたが、ただの一度だって新聞に載ったこともなければ、失敗して捕まったことも、追いかけられたこともない。なのに、昨日は、魔がさしてしまったのだ。初めはやめるつもりだったのに、チャンスがめぐって来た、と思いこんでしまった。考えてみれば、あんな大それた品物を盗むなんて、生まれて初めてのことだったのである。

　優美はそっとアパートの部屋のカーテンを開け、外をのぞいた。なんだか今日は一日中、誰かに監視されていたような気がする。だが、ぽつんと街灯がついた外の小道には、銭湯帰りの老女が孫を連れて歩いているだけで、不審な人影はなかった。

　この指輪、もうどこへもはめて行けないわね……と優美はダイヤの指輪を名残惜《なごりお》しそうに眺めた。有名なデザイナーがデザインしたものらしいから、どこかにはめて行ったら、誰かに見咎《みとが》められるかもしれない。もっとも、こんなものをはめて行けるようなパーティーの招待状なんか、来やしないけど……。

洋間のベッドの脇に置いてある電話が突然、鳴った。優美はびくっとした。

「もしもし？　もしもし？　優美なの？」

電話の相手は九州の実家の母だった。優美はほっとしたが、同時に疎《うと》ましさがつのった。実家とはほとんど縁を切ったつもりでいたのである。

「なんなの？　今頃」

「引っ越したって言うからかけてみたのよ。お父さんもおじいちゃんも心配してるのよ。なんでまた、引っ越したりしたのか、って。何かあったんじゃないんでしょうね」

「いちいち説明する義務はないでしょ。引っ越したかったから引っ越したの。ちゃんと引っ越し先も教えたから文句ないでしょ。悪いけどこれで切るわ。片づけものがあって忙しいんだから」

「あのね、優美。ちょっと待ってよ。お母さん、あんたに話が……」

「暇《ひま》がないの。さよなら」

一方的に電話を切ると、優美は苛々《いらいら》して煙草《たばこ》に火をつけた。これほどひどい言葉を投げつける気はないのだが、どうしても母や父と話すとそうなってしまう。

つきあっていた恋人とのことで文句を言われ、家出同然に実家を飛び出したのが五年前。今の会社に就職が決まるまでは、丸半年というもの悲惨だった。恋人とは別れ、友人を頼って生活していたのだが、新しい洋服ひとつ買えなかった。そのころ覚えたのが万引である。新しい服やアクセサリーが欲しかったためでもあるが、ひとつには、両親へのあてつけの意味もあった。大学教授の父親と華道の先生をしている母親。地元では相当、人々の称賛を浴びている家柄だった。その家のひとり娘が家出して東京で万引している、という図式は、考えただけでもぞくぞくするほど楽しいものだった。

もともとその道に隠れた才能があったのか、優美の万引はプロ並だった。おどおどせず、堂々と品物をくすねるので、誰にも気づかれない。それにどこにでも売っているような安物の指輪やブレスレット、ブラウスばかりを対象にしたので、盗んだものを身につけてもバレる心配はなかった。

会社の同僚の満智子《まちこ》には、一度だけ「あなた、よくいろんな物を買えるわね。家賃だって大変でしょうに」と不思議そうに言われたことがある。だが、その時は実家から勝手に送金してくるのだ、と言ってごまかした。

スリルがあり、それなりに緊張もする遊び……それが優美にとっての万引だった。

でも、もう本当におしまいにしよう……優美は煙草を消すと、つぶやいた。いつか報《むく》いが来るのかもしれない。その時、後悔しても遅すぎるのだ。

その後、盗まれたダイヤに関する記事はどの新聞にも載ることはなかった。もしかすると、鑑定書つきだ、とあの男が言ったのは嘘《うそ》だったのかもしれない……と優美は思った。イミテーションか、さもなくば質の悪いダイヤを高く売りつけていただけなのかも……。あの安売りの店なら、あり得ない話ではない。だから捜査も打ち切られたに違いない。

やがて優美はあの時の恐怖とショックを忘れていった。毎日が平凡に穏《おだ》やかに流れ去った。万引をしなくなった代わりに、退社後は満智子と映画を観に行ったり、おいしいものを食べ歩いたりするようになった。

秘密がなくなった生活は、スパイスが抜けた料理のように物足りなかったが、それでも結構、楽しいものだった。優美は少し太り、満智子の影響で、そろそろ本気で恋人探しでもしようか、という気になってきた。

一カ月ほど過ぎた或る晩のこと。いつものように満智子とイタリアンレストランで夕食をすませ、渋谷《しぶや》パルコのあたりをぶらぶらしてから帰宅した優美は、アパートを囲んでいる木立の陰でじっと佇《たたず》んでいる男を見つけて思わず叫び出しそうになった。

男は優美の姿を見つけると顔をそむけ、足早に歩き出した。真っ白のダウンジャケットを着て、スニーカーをはいている。若いのは確かだが、学生のようには見えなかった。両手をポケットに突っ込んだまま、男は足早に角を曲がると姿を消した。

誰なんだろう……。優美はドキドキしながら男が曲がった角を見つめた。真っ先に思ったのは、私服刑事か何かかもしれない、ということだった。

私は監視されている……。

優美は恐ろしさに足をすくませながら、階段を上がり、二階の端にある自分の部屋のドアの鍵をはずした。

中に入り、ぴったりとドアを閉ざし、内鍵をかける。チェーンも忘れずに。

あたりが静かなので、心臓の音が耳元でよく聞こえた。彼女は溜息をつきながら明かりをつけた。

洋間に入り、カーテンを閉め、ガスストーブの栓《せん》をひねる。着ていたコートを脱ぐのも忘れ、優美は部屋の中をうろうろし始めた。

猛烈に煙草が吸いたくなった。小さな箪笥《たんす》の引き出しを開け、買っておいたはずの煙草を探す。

何かがおかしいことに気づいたのはその時だった。

箪笥の上に載せてある小型テレビの位置が少しずれている。今朝まで、確かベッドからも見られるよう、斜めに置いておいたはずだ。それが今はまっすぐになっていた。

それに花瓶《かびん》の中の花だった。昨日の日曜日、近くの花屋で十本まとめて五百円で買ったピンク色のカーネーション。その花の位置が少しおかしい。母親が華道をしているせいで、小さい頃から切り花の活《い》け方を習ってきた。十本をうまく三角形になるように活けたはずなのに、今は十本が十本とも、ばらばらに外を向いている。

花の位置を元に戻しながら、優美はぞっとする思いで改めて室内を眺めまわしてみた。テレビの位置と活けた花の様子が違っている他は、すべて元通りだった。今朝、穿《は》いた途端に伝線してしまったストッキングは脱いだ形のまま、ベッドの上に転がっていたし、片づける時に落としたトーストの耳は、ちゃんとキッチンのステンレス台の上に載っている。

優美はおそるおそるベッドの脇にある備え付けのクローゼットの扉を開け、下着類の奥深くに箱に入れてしまってあった例のダイヤの指輪を調べてみた。かきまわされた形跡はなく、指輪は元あった場所にそのまま見つかった。

ほっとして彼女はひとり、微笑した。まったく、あたしったら！　なんてことを考えるんだろう！

テレビの位置が違っていたのは、無意識のうちに今朝、自分でまっすぐに直したからなのだ。花は、慌《あわ》てて着替えをしている時にぶつかったか何かして、ばらばらになってしまったのだ。それだけのことなのだ。

謎《なぞ》がとけると同時に、さっき外に佇んでいた若い男のことも説明がつくようになった。あれはただ、このアパートの他の住人のところに遊びに来た若者にすぎなかったのかもしれない。訪ねた相手が留守だったので、木陰で帰りを待とうとしていたのかもしれない。そこへ私がやって来たものだから、怪しまれるといけないと思って帰って行ったのだ。きっとそうだ。

あはは、と優美は笑い声をあげた。いくらなんでも、留守中に警察が黙って人の部屋を捜索しにやって来るわけがない。ばかばかしい。いったい何をこんなに怖がっているんだろう。

その夜遅く、バスルームで湯につかっていた時、優美はタオルかけにかけたバスタオルが少し乱れ、石鹸《せっけん》が石鹸入れから不自然に飛び出していることに気づいたが、さして驚かなかった。気のせい、気のせい、と彼女は言いきかせた。自分でやったことを忘れているだけなんだ、と。

だが、翌日、帰宅してみると、またしても異変が起こっていることに気づかされた。出かける時にきちんとベッドメイクしておいたはずのベッドカバーが少し床のほうに垂《た》れ下がっている。テレビの位置と花の様子には変化はなかったが、今度は箪笥の引き出しがひとつ、三センチほど手前に引き出されていた。

それにガスの元栓である。人一倍、ガスには気をつけている優美が元栓を閉め忘れたことなどかつて一度もなかった。だが、その夜、帰宅して見てみると、元栓は開きっ放しだった。

ダイヤの指輪はそのままだった。クローゼットの中にも異常はない。念のため、玄関の鍵穴を調べてみた。何者かが、無理矢理、鍵をこじ開けた形跡はなかった。むろん窓という窓も、鍵がかかったままである。

またしても優美は自分をあざ笑った。健忘症とかいう病気になったのかしら、と本気で思った。自分でやったことをすぐに忘れる……。最近、馬鹿みたいにぼーっとして生活しているから、老化現象を起こしたのかもしれない。やっぱり万引をしていないと、緊張感が失われるんだ。

翌日の昼休み、一緒に蕎麦《そば》を食べに行った満智子に健忘症の話をすると、満智子は面白《おもしろ》がってげらげら笑った。

「うちのおばあちゃんもそうだったわよ」と満智子は言った。「トイレで大騒ぎするから、何事かと思って行ってみるとね、トイレットペーパーがなくなった、なくなった、って怒ってるの。ふっとおばあちゃんの手を見ると、手にちゃんとペーパーを持ってるじゃないの。それから病院行きよ。ボケ専門のね。優美もボケたんじゃないの？　だいたい、あなた、神経質すぎるのよ。テレビの位置なんか、覚えてるほうがおかしいと思うけど」

そう言われると、確かにその通りだった。テレビの位置、引き出しを開けたか閉めたか、なんてことは人の記憶に残りにくいものである。優美はからからと笑って、満智子に調子を合わせた。

だが、部屋はそれからも異様な変化を見せ続けた。キッチンの流しの下の扉が開いている。出かける時に洗って伏せておいたはずのコーヒーカップが、上向きに並んでいる。落とした覚えのないボールペンが、床に落ちている。時には、窓辺に置いた小さなポトスの鉢に水やりがされていることもあった。

誰かが、自分の留守中、部屋に侵入している……優美は次第にそう確信するようになった。でも、何のために？　クローゼットの中のダイヤに手を触れた形跡はない。空《あ》き巣ならば、部屋中を物色して、何か盗んでいくはずである。いくら探しても、盗まれたものはなかった。預金通帳も銀行の届け出印もそのまま。売りとばせば多少の金になりそうなアクセサリー類も、手つかずだった。

それにしても、どうやってここに入るのだ。合鍵を渡している人間はひとりもいない。それにこのアパートは、居住者が代われば、ドアの鍵をつけ替えることになっているから、前の住人が侵入できるはずもない。

警察なのだろうか、それとも私立探偵か何か？

あそこの宝石店にいた『吉田』という名前の店員が、ここをつきとめ、第三者を雇って偵察させているのだろうか。この間、木立の陰にひそんでいた若い男がいたが、あれがそうだったのだろうか。

だとしたら、何故《なぜ》、あの指輪を証拠品として持っていかないのだろう。それとも、ここに侵入している誰かは、あのダイヤの万引とは何の関係もないのだろうか。

しかし、たったひとつだけ、考えられることがあった。九州の実家の母である。家出同然に上京してから丸五年。一応、元気にやっているとわかっていても、母親にしてみれば、二十七にもなった娘をこれ以上、放っておく気はないはずだった。まして引っ越したとなると、男と同棲をしているのではないか、あるいはふしだらな商売に手を染めているのではないか、と勘《かん》ぐることもあり得る。

その母が密《ひそ》かに上京して、優美が出社した後で大家に頼みこみ、部屋に上がって来ているのかもしれない。そして部屋中のものを調べ回っているのだ。手紙類、預金通帳の残高、生活ぶりなど……。毎日それをやって、また密かに九州へ戻り、後で何かとうるさく言ってくるつもりなのかもしれない。

可能性は五分五分だった。あの母親にかかったら、それくらいのことはお手のものだ。

なにしろ、母親には前科がある。かつて娘の部屋を物色して恋人から来た手紙を見つけるために、優美をわざわざ親戚の家に泊まりがけで遊びに行かせたほどなのだから。

そのことが原因となって彼女は家を出た。あの母親ならば、娘のためとなると殺人以外、どんなことでもやってのけるに違いない。ここに侵入してこそこそと調べ回っていたとしても、不思議ではなかった。

次の日曜日の午後、優美は近所のケーキ屋に行ってクッキーの箱詰めを買うと、帰りにまっすぐ大家の家に向かった。

大家である落合《おちあい》の家は、アパートのすぐ隣りにある。大きな二階建ての木造の家は葉を落とした柿の木に囲まれ、いかにも古くからここに住む地主らしく、どっしりとしていた。

出て来たのは落合夫人だった。夫人は地味な葡萄《ぶどう》色の毛糸のセーターに緑色のちゃんちゃんこを着て、たった今、昼寝から起きたばかりのように眠そうな顔をしていた。

「あら、あなただったの」と夫人は優美を見て愛想よく笑った。「お部屋のほうはいかが？」

「とても気に入ってます。日当たりもいいし、静かだし……。あの、これつまらないものですけど……」

そう言いながら、優美は買って来たばかりのクッキーの箱を手渡した。夫人は嬉《うれ》しいような恐縮したような、それでいて怪訝《けげん》そうな顔をした。「何でしょ。ご挨拶《あいさつ》なら先日、いただいたばかりなのに……」

「今日はちょっとお伺《うかが》いしたいことがありまして」優美はクッキーの箱を無理矢理、相手に押しつけると、小さな咳《せき》払いをした。「言いにくいことなんですが……」

夫人は皺《しわ》の寄ったたるんだ首を傾《かし》げた。「はあ？　何かしら」

「私の母が……そのう、もしかしてこちらにご無理を言ってるんじゃないかと……」

「え？」

「わかってるんです。きっと母が来てるんじゃないか、って」優美は困ったように笑った。「ああいう人ですから、無理を言って私の部屋の鍵をこちらに借りてるんじゃないか、と……。私、実を言うと実家とは喧嘩してるんです。だから母は変に気をまわして、あんなことを平気で……」

「あのう」夫人は毛玉のたまった灰色の毛糸のソックスを隠すようにして、玄関の上がり口に正座した。「何のお話かしら」

「母が鍵を渡してほしい、ってごねているんじゃないですか。いいんです。はっきり言ってくださっても……。私、別に驚きませんから」

夫人はつと目をそらすと、次に気味の悪い人間でも見るように優美をじろじろと見た。

「何をお話しされているのか、ちっともわかりませんけども。お母様が？　鍵を渡してほしい、って？　いいえ。ちっとも存じませんよ」

「でも……」

「何かの間違いでしょ。お部屋の鍵を誰かに渡すなんてとんでもない。そりゃあ、もしお家《うち》の方がみえて、どうしても、っておっしゃるなら話は別ですけども。お家の方かどうか、確かめない限りはねえ。昔、うちのアパートで、お兄さんだ、って言うから鍵を渡してね、実際は違ってておかしな具合になっちゃったこともあったし……。でも、いったい……」夫人は眉《まゆ》をひそめた。「何があったんです」

一瞬、優美は部屋に明らかに誰かが入って来ている、と夫人に打ち明けてしまおうか、と思ったが、すぐにやめた。母ではないらしい。だとするとやはり警察関係者、あるいはその周辺の人物なのだ。そして、大家とはグルになっているに決まっている。今ここで、この落合夫人に心を許すのは危険だった。

「私ったら！」優美は不器用に笑った。「すっかり忘れてました。部屋の合鍵を友達に預けてあるんです。女の子なんですけどもね。きっと母はその人のところに借りに行ったんだわ。おかしなこと言ってごめんなさい。友達に聞いてみることにします。それじゃ、これで。お邪魔しました」

慌てて玄関を飛び出すと、優美はいたたまれない気持ちで柿の木の下を抜け、自分の部屋に向かってアパートの階段を駆け上がった。

母ではないのだ。少なくとも、夫人は母に鍵を渡しているのではない。じゃあ、ここに入って来ているのはやっぱり……。

自分の部屋の鍵を開け、ガスストーブの火をつける。外はもう、早くも日が傾き始め、短い冬の午後も終わりを告げようとしていた。アパートの住人たちは、皆、外出しているらしく、あたりはしんとしている。

コートを脱ぎ、ハンガーにかけた。頭の中は警察の捜査のことばかりで、他に何も考えられなかった。

あんな馬鹿なことさえしなければ、これほど悩むことはなかったのに。そう思うと涙があふれた。他の小さな万引はいざ知らず、あの指輪に関してはただの出来心に過ぎなかったのだ。なのに、その出来心で私は……。

鼻の奥が熱くなり、涙で目がかすんだ。優美は片手で乱暴に涙を拭《ぬぐ》いながら、バスルームに入った。冷たい水をざあざあとあふれさせて、手を洗う。ついでに顔も洗った。涙で腫《は》れあがったまぶたに、冷たい氷のような水が心地よかった。

自首したほうがいいのだろうか。すでに犯人の目星はついているのかもしれない。もしかしたら、他の万引のすべても、知られているのかもしれない。悪質な万引常習者として、ずっと以前から私はマークされていたのかもしれない。

目をつぶったまま手をタオルかけに伸ばす。フェイスタオルに手が届く前に、奇妙な冷たい感触が指に触れた。

トイレの蓋だった。タオルで軽くまぶたの水滴を拭《ふ》き取った後、優美は何気なく便器を見た。蓋が上がっている。閉めたはずなのに……と彼女は思った。

だが、そう思った途端、優美は大声を上げてタオルを床に落とした。

便座が上がっていた。便座を上げて用を足すのは女ではない。男だ。

誰か男が、ここで、この場所で用を足したのだ。優美が大家のところに行っているわずかの間に！

彼女は口を押さえながら、バスルームを飛び出し、玄関から外に逃げようとして、やっとの思いで立ち止まった。

おかしい。優美は最後に残った理性をフル回転させた。留守にしていたのは、たった三十分かそこらだ。しかも、今日は日曜日である。私が出かけるのを見計《みはか》らってここに侵入しようと思ったら、あらかじめ、どこかアパートの近くで私のことを監視していなければ出来ないはずだ。

がくがく震える膝を押さえながら、優美は部屋のどこかに隠れひそんでいるに違いない「男」を突き止めようとした。クローゼットの中、ベッドの下、カーテンの陰……馬鹿げているとは思ったが、冷蔵庫の扉も開けてみた。どこにも「男」は見つからなかった。

逃げたのだろうか。だとしたら、まだこの近くにいるはずだ。

優美は窓のところに行った。サッシ戸にはしっかり鍵がかかっている。こじ開けられた形跡はない。

レースのカーテンに手をかけ、そっと道路を見下ろしてみた。アパートを画した小道の電信柱の横に、男が立っていた。見覚えのある白いダウンジャケットを着た若い男……。

あの夜、木立の陰にひそんでいた男だった。男はひとしきりアパート全体を見回すような素振りをすると、周囲をきょろきょろ見て、やがて急ぎ足で去って行った。

※

「ねえ、優美。昨日、おかしな人に会ったのよ」

月曜日の昼休み。いつもの蕎麦屋で昼食のかやく御飯セットを食べていた満智子が、いつになく真剣な顔をして優美に言った。

「駅前のスーパーに買物に行こうとして家を出た途端、変な男に後をつけられたのよ。黒っぽいスーツを着た中年の男でさ。話しかけてくるの。帝京《ていきょう》リサーチセンターとかいうところの男らしくて……」

「帝京リサーチセンター？」

「そう。よくわかんないんだけどね、その男、優美のことについて聞きたい、って言うのよ」

優美は口に持っていった箸《はし》を止めた。満智子は続けた。

「おかしいのよ。森田《もりた》優美さんについて聞きたいことがある、って言うんだもの。あたし、気味が悪くなって、あんた誰なの、って聞いたのよ。そしたら帝京リサーチセンターの者ですが、って言うの。嘘に決まってるわ。目つきの悪い変な男だったもの。それであたし、言ってやったの。優美について聞きたいことがあるなら、本人に聞いたらどう？　って。そいつ、おかしなうすら笑いを浮かべて、どっかに行っちゃったわ。ねえ、変でしょ？　何者かしら。優美、心あたりはないの？」

優美は慌てて首を横にふった。「ないわ、そんなもの」

「優美、後をつけられてるんじゃない？　あなたに惚《ほ》れた男なのかもしれないけど……それにしてもあいつはやめたほうがいいわよ。刑事みたいに陰険な感じだったもの」

刑事？　優美はゆっくり箸を置いた。食べたものが喉《のど》までこみ上げてきそうな感じがした。満智子はひとり、御飯を口に運びながら喋り続けた。

「最近はおかしな奴が多いからね。いくら恋人募集中って言っても、頭のおかしいのだけは願い下げだもんね。気をつけたほうがいいわよ。あたしの学生時代の友達なんかね、一度、電車の中で頭のおかしい男に抱きつかれたのよ。ずっと彼女の後をつけてた男でさ、彼女、後をつけられてるのにも気づかなかったんだって。それでね……」

優美は聞いていなかった。新たな恐怖心が頭の中を渦巻いた。警察ではないのだ。多分、そうに違いない。警察だったら、じかに私に接触してくるだろう。会社の同僚に過ぎない満智子のところに探りを入れるなど、どうしてする必要があるだろう。

考えられるのはただひとつ。偶然、あの現場を目撃した男がいるのだ。その男はきっと、私に関することでかなりの量の情報を握っているに違いない。私が万引の常習犯であったこと、九州の実家がかなりの名家であること、実態が世間にバレると、まずいことになる環境にいること……などを全部、知っているのかもしれない。

つまりその男は……脅迫者《きょうはくしゃ》なのだ。

その夜、優美はアパートに帰るなり、クローゼットを開けて下着の奥に隠しておいた指輪の箱を取り出した。

厳重にテープで目張りをした箱から指輪を出し、それをビニール袋に入れてさらにガムテープでぐるぐる巻きにする。ちょっと考えて、キッチンに残っていた生ゴミを指輪と一緒にポリ袋に入れた。そうやると、外目には一見、ただの生ゴミの入った袋にしか見えない。

窓から外を見る。通りに人影はなかった。彼女はそっとアパートを出て、早足で近くの国道まで行き、猛スピードで走って来た流しのタクシーを止めて、多摩川《たま》べりまで行くように指示した。

タクシーはすぐに発車した。雪がちらつき始めた寒い夜だった。多摩川べり近くの住宅地で車を降りると、優美はあたりを見回し、ゴミ集積所と書かれた札の立っている一角に、ポリ袋を捨てた。

指輪は他の生ゴミと共に、すでにそこに置いてあった古いダンボール箱の底深く沈んでいった。

少しほっとして、優美は駅に向かって歩き出した。途中、何度も振り返ったが、誰かに後をつけられている気配はなかった。

ひどく疲れていた。身体《からだ》の芯がだるい。ここのところ、一度に体重が三キロも減った。

思いつめているせいだとわかってはいたが、どうしようもなかった。食欲がなく、頭は常に鉛《なまり》でも詰まったように重い。

　電車を乗りついで最寄《もよ》りの駅に着いたのは、八時近かった。勤め帰りのサラリーマンやOLたちが、駅に隣接する飲食店の入ったビルから次々にあふれ出て来た。みんな、空腹を満たした平和な顔で笑いさざめいている。

　何か食べておかないといけない……優美はずきずきと痛み始めた頭の中でぼんやり考えた。食べたくないけど、温かいスープの一杯でもお腹の中に入れておかなければ……。

　吸い込まれるようにして優美はビルの中に入り、何度か行ったことのある三階の洋食屋に足を向けた。外が見えるガラス張りの一角に空いた席を見つけ、コーンポタージュと野菜サンド、それにコーヒーを注文する。

　自首……という言葉がわんわんと頭の中にこだました。自首さえしてしまえば、この苦しみから逃れられるのだ。たかが万引……と思っていたのが間違いだった。世間では、万引は許されない犯罪なのだ。まして百二十万円もするダイヤの指輪を盗んだのである。新聞ざたにもなったのである。それを誰かが目撃していたとしたら……そしてその「誰か」が不埒《ふらち》な考えを起こしたとしたら……「誰か」が即座に脅迫者に変貌《へんぼう》しても、いっこうに不思議ではない。

野菜サンドが砂のように感じられた。優美はポタージュでサンドイッチを無理矢理、喉の奥に流しこみながら、ダウンジャケットの男のことを考えた。

きっとあの男なのだ。間違いない。そしてあの男には仲間がいるのだ。その仲間が、満智子に近づき、いろいろなことを聞き出そうと企《たくら》んだのだ。

突然、『吉田』という名前がひらめいた。あの時、宝石店で優美にダイヤの指輪を見せてくれた男。どこかしら陰険そうな顔つきだった。裏の生活があるような……。あの男も今回のことに一枚加わっているのかもしれない。満智子が会ったという、黒っぽいスーツの男と何か関係があるのかもしれない。

運ばれてきたコーヒーに砂糖を入れようとして、優美はふっと自分をじっと見つめている男がいることに気づいた。店の出入り口近くにいて、週刊誌を読むふりをしながら、時折、ちらちらとこちらを眺めている男……。

その男は黒っぽいスーツを着ていた。三十七、八歳に見える。ただのサラリーマンには見えない。目つきが……そう、目つきが陰険で……。

優美は泣き出したい思いにかられながら立ち上がり、伝票をつかむと走り出した。レジで千円札を二枚、放り出し、釣銭《つりせん》ももらわずに外に飛び出す。

後ろでレジ係の女が何か言ったようだったが、振り向かなかった。彼女は走り、駅の夕ーミナルに出て、ちょうど発車寸前だったバスに飛び乗った。バスは彼女を乗せるとすぐに扉を閉め、発車した。

嗚咽《おえつ》がこみあげてくる。どうしてあの男があそこにいたのだ。間違いではない。あれこそ、満智子が言っていた男だ。ずっと私の後をつけていたのだろうか。ずっと……。

四つ目の停留所でバスを降り、再び走った。雪が少し激しくなったようだった。すでに路面はうっすらと雪化粧している。

アパートに着き、木立に目をこらしてみたが、誰もいなかった。部屋という部屋にはほとんど全部、明かりがついており、かすかにテレビのお笑い番組の音も流れてくる。葉を落とした柿の木の向こうには、大家の落合宅の二階家も見えた。暖かそうな明かりが窓から漏《も》れ、人影がひとつ、ちらちらと動いた。

優美は後ろを振り返りながらそっと階段を上がり、一番端にある自分の部屋のドアに手をかけた。ドアにはきちんと鍵がかかっている。

どうせ、また留守中に誰か、入ったんだわ、そうに決まってる。

覚悟を決めて、鍵を開け、中に入った。玄関の電気をつけ、ざっとあたりを見てみる。変わった様子はなかった。優美はドアを閉じると部屋に入った。さっき出て行った時とそっくり同じだ。開けっ放しにしておいたクローゼットのドアもそのままだ。

バスルームを覗《のぞ》いたが、便器もきちんと蓋が閉じられており、水の飛沫《ひまつ》が飛んだ跡もなかった。

肩すかしを食らったような妙な気分で、優美はストーブに火をつけ、コートを着たまま床にへたりこんだ。コートについた雪の雫《しずく》が、ころころとした水滴になってそのまま床に落ちた。

今はよくても……と彼女はさめざめと泣いた。そのうち何かが起こるんだわ。もう、それも時間の問題なんだ。

カーテンをぴったり閉ざし、玄関のドアチェーンをかけ、泣きながらベッドにもぐりこんだ。天罰だ、と彼女は思った。するべきことはただひとつ。何か決定的なことが起こる前に、こちらから自首する。それしか方法がない。

おかど違いだとわかってはいたが、優美は実家の両親を呪《のろ》った。あんな親を持ちさえしなければ、私はごく普通の女として平和に生きていられたのかもしれない。今頃はごく普通に結婚し、おでんの鍋でも温めながら夫の帰りを待っていたのかもしれない。テレビのお笑い番組に腹を抱えて笑いころげながら……。

疲れきってうとうとし、目がさめたのは電話が鳴ったせいだった。反射的に枕元の置き時計を見る。十二時近かった。

ベルは執拗《しつよう》に鳴り続け、あたりの静寂《せいじゃく》をかき乱した。優美はおそるおそる受話器を取った。

「もしもし?」

相手は何も答えない。「もしもし?」優美は大声を上げた。「誰?」

集音マイクに風が吹いた時のような音がする。台風の夜、風が電線に当たって唸《うな》り声を上げているような……。

「誰……誰なの」

「俺だよ」ひどく低い、聞き取れないほど小さな声で相手は言った。「白状したほうがいい」

心臓が止まったような感じがした。優美は息を殺した。

「白状しろ」

風が吹きすさぶ音。遠くの……海の彼方《かなた》からかけているような、ざわざわとしたざわめき。

「君がいくら嘘をつき通したとしても……」相手は言った。低い声。わざと声の質を変えているような……。「証拠はいくらでも上がってるんだ。俺は全部、知っている。知っている」

「ああ、ああ」優美は唇に痙攣《けいれん》を起こしながら、受話器を握りしめた。「誰なのよ。誰なのか、言ってよ」

相手は黙った。風。風が唸り声を上げている。どこからかけているのか。それともこの地獄のような音は、擬音なのか。

「あんたなのね。部屋に無断で入って来てるのは……。お願いだから、これ以上、苦しめないで。あたし……あたし……」

「俺は知っている。見た。全部、見た」

突然、突風が吹いたような音がしたかと思うと、電話はそこでかちりと切られた。

優美は受話器をベッドの上に放り投げた。ついに、脅迫者が正体を現わしたのだ。もう逃げられない。

ひとしきり泣き終えると、彼女はベッドから起き上がり、コートを着た。警察へ行こう。このままではもう、耐えられない。

靴をはくのも面倒だったので、サンダルをつっかけ、外に出る。鍵はかけなかった。二度とここへは戻って来られないだろう。次に戻って来ることがあるとしたら、屈辱《くつじょく》に満ちた取り調べを終え、刑に服した後になるに違いない。

雪が二センチほど積もっていた。アパートの住人はみんな、休んでしまったのか、しんとしている。すべらないように注意しながら階段を下りると、優美はのろのろと雪の中を大通りに向かって歩き始めた。素足に雪が冷たかった。心はもっと凍《こご》えていた。

大通りに出て、タクシーを拾い、どこでもいいから警察に行ってほしい、と頼もう。小銭はコートに入っている。

涙があとからあとからあふれ、降りしきる雪とともに頰《ほお》の上を流れていった。気持ちは不思議なほど落ち着いていた。もう嘘をつく必要はない。全部、告白して、誰だか知らないが、あの脅迫者をつかまえてもらうのだ。もしかすると、無断で人の家に侵入し、いやがらせをした、ということで、脅迫者のほうに重い罪が科せられるのかもしれない。

大通りに出る。都心の方角に向かうには、向こう側の歩道に渡る必要があった。優美はそのまま通りを横切ろうとした。

その時である。前方から大きな黒い塊《かたまり》が猛スピードで走って来た。タイヤが激しく軋《きし》む音がした。

トラックは凍った路面でスリップし、暴走しながら優美のほうに近づいてきた。クラクションが鳴らされ、同時にヘッドライトが地獄の業火《ごうか》のように目の前で燃えさかった。

優美は一瞬、身体をすくませ、何かを叫んだ。だが遅かった。あっ、という間に優美の身体はタイヤに巻き込まれ、泥のついた雪の上に練《ね》り歯磨きのチューブのようになって押しつぶされていった。

※

落合夫人は刑事にお茶をすすめた。のどかな冬の昼下がりだった。庭から見える葉を落とした大きな柿の木に、雀《すずめ》が数羽止まっているのが見える。青ガラスのように澄みきった空の彼方には、飛行機雲が一筋、浮いていた。

落合夫人は話し好きらしかった。菓子入れに入った上等のかりんとうを刑事の目の前に差し出すと、夫人は長々と喋り出した。

……かわいそうなこと。いい娘さんでしたのにねえ。ええ、そりゃあもう、きれいで育ちがよさそうでねえ。九州の実家の親御さんから、優美さんが亡《な》くなる二週間ほど前に電話をいただきましてね。なんですか、実家のほうで優美さんにお見合いの話が持ち上がってたらしいんですよ。それでいろいろ先方さんが本人の生活ぶりを調べまわるだろうけど、もし大家さんのところにその筋の人から電話があったらよろしく、って言われましてね。お受けしたんですよ。

ええ、もちろん電話は受けました。帝京リサーチセンターとかいうところの人でね。いろいろ優美さんのこと聞かれたので、褒《ほ》めておきました。嘘じゃないですものね。ほんとにいいお嬢さんだったから。帰りが九時を過ぎることすら滅多になかったですしね。

お見合いの相手の方っていうのが、なんですか、地元の名士の息子さんらしいんですよ。それで厳しく調べられたんでしょうけど、優美さんだったら、いくらたたいても埃《ほこり》のひとつも出なかったでしょうね。生きていらしたら、今頃は結婚式の準備に忙しかったんじゃないかしら。ほんとに人の運命なんて、いつどうなるか、わかったもんじゃないわ。

え？　ああ、優美さんですか。優美さんはこのお見合いの話、知らなかったようですよ。私も親御さんに黙っててくれ、って言われましたからね。なんですか、優美さんはご両親とうまくいってなかったようですね。ご両親のほうがいずれ、折れるつもりだったらしいですよ。そのお見合いの話を親子の仲直りのチャンスにするつもりだったんじゃないですか。

え？　元気がなかったか、って？　そうね。そうですわね。ほんの少し、元気がなかったと言ってもいいでしょうね。多分、あれのせいなんですよ。私にははっきり、わかってます。

え？　それは何か、って？　言わなくちゃいけませんか？　そうですか？　じゃあ、お話しますけど、刑事さん、信じないと思いますよ。馬鹿げた話ですから。まあ、話のタネと思って聞いてくださいな。

優美さんに貸した部屋ってのは、ちょっといわくつきの部屋だったんですよ。もう六年ほど前になりますか。目もさめるような美人のお嬢さんがあの部屋に住んでましてね。そのお嬢さんに惚れぬいてた男がしょっちゅう、出入りしてたんです。

ところが、若いお嬢さんでそのうえ、美人となると、他の男が放っておくはずがありませんわね。その娘さんは他の男の人と深い関係になったんですよ。

もともとの恋人だった男は嫉妬《しっと》にかられましてね、或る日、お嬢さんを誘い出し、ドライブの途中で首を絞めて殺し、自分はそのまま雪山に入って睡眠薬を飲み、自殺したんです。

あら、ご存じでしたか。そうね。刑事さんなら覚えてらして当たり前ね。あの事件、実はあの部屋の住人が被害者だったんですよ。

それ以来、あの部屋がちょっとおかしいんです。いいえ、幽霊が姿を現わすとかなんとか、って話は聞いてませんけど、ともかく店子《たなこ》が居《い》つかないんですよ。長くて半年。短い人だと二カ月くらいで出て行っちゃうんです。女性ばかりじゃないんですよ。男の方にも貸したし、新婚さんにも貸しましたけどね、なんですか、あの部屋にいると誰かに見られてるみたいな妙な気持ちになるらしいんですよ。

　そうはっきり言って出て行った人は少ないですけど、優美さんの前に住んでらしたバーのママさんがはっきり言う人でね。誰かが勝手に部屋を荒らしていくとかなんとか、私どもに言いがかりをつけてきましたの。それに時々、変な男の声で電話がかかってくるとかなんとか、ただのいたずら電話だったと思いますけど、あの無理心中の話をするわけにもいかず、困ってしまいましたよ。

　まあ、幽霊が出るとかなんとかの話じゃありませんし、第一、あの部屋で殺人が行なわれたわけでもないから、継続して部屋を人にお貸しすることにしたんですがね。

　そう言えば、優美さんもおかしなことを言ってましたね。亡くなる少し前でしたか、優美さんがうちにみえて、実家の母に部屋の鍵を貸してるんじゃないか、って言うんです。そんなことしたことはない、って私は言ったんですが、きっと留守中に部屋に誰かが入った形跡があったんだと思いますよ。

　なにしろ、その事件の犯人だった男は、合鍵を使ってあの部屋に出入りしては、娘さんが他の男とつきあっている証拠を探し出そうとしてたんですよ。この科学の発達した現代に、そんな馬鹿みたいなことが起こるわけがない、と言ってしまえばそれまでですが、あの部屋、ちょっとおかしいのかもしれません。今度、御《お》祓《はらい》してもらおうか、って主人とも話していたところです。店子が入らなくなったり、妙な噂がとんだりしたら私どもが困りますからね。

おやおや、すっかり気味の悪い話を聞かせちゃいましたね。ごめんなさいね。刑事さん……。

刑事は足がしびれてきたので、そっといとまを告げ、立ち上がった。

玄関で靴をはきながら、刑事はつぶやいた。「それにしても、優美さんはどうしてあの雪の降る夜にサンダルばきだったのか、と考えてるんです。傘《かさ》もささずにね。何か悩みごとでもあったのかな。優美さんを轢《ひ》いたトラックの運転手が、優美さんは自殺同然に道に飛び出して来た、とかなんとかほざいてるもんでね。なに、目撃者がいなかったのをいいことに、自分が轢き殺した人のことを自殺志願者に仕立て上げてるだけだと思いますがね。まあ、一応、こうやっていろいろ、話を伺っているわけなんですよ」

「自殺だなんて、そんな……。私はそんな話、信じられませんけどもね」

刑事は靴をはき終えると、「それじゃこれで」と頭を下げた。「いろいろありがとうございました」

玄関を出ると、冬枯れした柿の木の枝の向こうに、アパートが見えた。優美が住んでいた部屋の窓はぴったりと閉じられ、そこに午後の日差しが柔らかく降り注《そそ》いでいた。

「あんな明るそうな部屋に、嫉妬にかられて成仏しない男の亡霊がねえ」刑事はくすっと笑った。夫人は真面目《まじめ》な顔をしてうなずいた。

通りの向こうに、白いダウンジャケットを着た若い男が姿を現わした。「息子なんです」夫人は嬉しそうに言った。「あの子ったら、ずっと優美さんに恋を告白しようとしてたんですよ。優美さんのほうが年上だから、言いそびれてたみたい。何度も帰りを待ち伏せてたりして、馬鹿な子」

ほう、と刑事は形ばかり目を伏せた。「それじゃ、さぞかし今度のことはショックだったでしょうな」

「ただいま」仏頂面《ぶっちょうづら》をした息子は低い声でそう言うと、ちらりとアパートのほうを見て顔をしかめ、刑事には挨拶もせずに玄関の中に入って行った。

泣かない女

小笠原敬一《おがさわらけいいち》は、自分の欲望について他人に語ったことは一度もなかった。女を泣かせる。それが彼の望みだった。すがるようにして泣く女が見てみたかった。だが、そんなことを打ち明けて、いったい誰がまともに聞いてくれるだろう。実は僕、女を泣かせてみたいんだ。泣かせた後で抱きしめてやりたいんだ。正直にそう語って、笑われずにすむとはとても思えなかった。「おまえが男前ならいくらでも泣かせることができるだろうよ」と言われてしまうのがオチである。

彼は世間で言うところの〝プレイボーイ〟〝ドンファン〟〝女たらし〟という言葉とは無縁の男だった。特別に醜《みにく》いわけではない。健康体だし、運動機能もごく正常である。足が極端に短いということもないし、不潔な印象を与えることもなかった。

だが、彼は自分が女を引きつける要素に、ことごとく欠けていることをよく承知していた。

筋肉のない、がりがりの身体《からだ》。薄くなる一方の若禿《は》げの頭。強度の近眼のためにかけている眼鏡《めがね》は、彼のせっかくのチャームポイントであるぱっちりした目を点のように小さく見せている。

そのうえ、猫背のせいで、歩き方も座り方も、とうてい二十四歳の若者とは思えないほど老人じみて見える。おまけに声はかん高く、男の凄味《すごみ》を出そうとして低い声で喋《しゃべ》ろうとすると、声が裏返って咳《せ》きこむ始末だった。

もしも彼の取柄《とりえ》を探すなら、容貌《ようぼう》とは別の、もっと社会的な条件を探すべきだった。学歴と家柄である。女を引きつけて、泣かせようと思えば、実際のところ、その二つは利用できたかもしれない。

代々、学者の家系である小笠原家は、元華族の遠縁にあたり、家柄は申し分なかった。祖父はすでに他界したが、生前は世間で名を知られた理学博士だったし、父は現在、アメリカの名門大学の教授で言語学の権威でもある。父方の叔父《おじ》は国立大学の法学部教授だし、叔母《おば》は古典文学研究者だった。

敬一本人は、小学生のころから抜群に成績がよく、超一流の私立中学、高校、大学……と経て、今は大学院でイギリス文学を専攻している。修了後は、父の後押しで、華《はな》やかな教授への最短コースが約束されていた。

自宅は高級住宅地として名高い田園調布《でんえんちょうふ》の広大な敷地の一角にあった。住みこみの家政婦もいる。箱根《はこね》には祖父の代から引き継いでいる古びた洋館造りの大きな別荘まであった。

家柄、学歴、財産という三本柱を結婚の条件にしている女なら、飛びついてきてもおかしくなかった。女を泣かせてみたいのなら、家柄などというくだらないものに飛びついてきた女を思いきりふってやればいいのかもしれなかった。しかし、彼はそれを実行するほど愚《おろ》かではなかった。

家柄や学歴などに寄ってくるような女は、たいていの場合、泣く女ではない。怒ったり、悔《くや》しがったりして涙を浮かべるかもしれないが、しくしくとこの世の終わりのような顔をして泣くことはまずないだろう。そう彼は考えた。そんな涙は見たくもない。彼が本当に味わいたいと願っているのは、本気で泣きすがってくる女の涙だった。

十三の時、彼は雨宮順子《あまみやじゅんこ》という名の、若い国語の教師が好きになった。順子は当時、二十五歳。小柄でひきしまった身体をもち、ボーイッシュなショートカットにした彼女は、女優のように美しく、溌剌《はつらつ》とした元気な教師だった。

声が大きく、黒板に書く文字も男まさりで、教壇の上で頬杖《ほおづえ》をついたり、教室中をてきぱきと大股で歩き回ったりする。怒る時は男の教師顔まけで、時には往復びんたを生徒に食らわせることもあった。気の強さは有名だった。校長と喧嘩し、職員会議で暴言を吐いたり、保護者と論争したり……。そのため生意気な教師だという烙印《らくいん》が保護者の間で押されたこともあったが、本人はいっこうに気にしていない様子だった。

男子ばかりの私立中学だったせいか、敬一は順子先生に会うのがことのほか、楽しみだった。彼女が生意気であればあるほど、彼女が男まさりであればあるほど、彼は彼女に憧《あこが》れた。初恋だったのかもしれない。

或る時、クラスの有志たちが彼女を誘ってハイキングに行こう、という計画を持ち出した。むろん敬一も参加し、総勢八名は順子先生を中心にして、丹沢《たんざわ》山系の山に気軽なハイキングに出かけた。

順子先生に近づくチャンスだと思った敬一は、ぴったり彼女から離れなかった。彼女はすいすいと軽い足取りで難なくコースを踏破した。

だが、下山する時になって、突然、激しい雷雨に見舞われた。山の雷雨は凄《すさ》まじい。教師としての責任を感じたのか、順子先生は生徒たちを安全な崖の下に避難させてから、ひとりでコースの様子を見に行ってくると言い出した。敬一はためらわずに彼女の後を追った。

運動神経抜群の彼女が、何故《なぜ》、道を踏みはずしたのかはよくわからない。視界をせばめる猛烈な雨のせいだったのかもしれない。

ともかく彼女はあっと言う間に、ゆるやかなカーブを描く土手を転がり落ちていった。

敬一は驚いて彼女の後を追った。足がずぶずぶと泥の中にはまった。

順子先生は草むらの中に倒れ、泥だらけになって小さな悲鳴をあげた。「先生」と彼は叫んだ。順子先生はしばらく四つん這《ば》いの姿勢を保ったまま、荒い呼吸を繰り返していた。「先生」ともう一度、彼は呼びかけた。「大丈夫ですか」

肩と背中が小刻《こきざ》みに震《ふる》えた。彼女はゆっくりと顔を上げた。顔は涙と泥でぐしゃぐしゃだった。怖かったのか、驚いたのか、それとも突然の雷雨で教師として何をどう行動すればいいのかわからなくなり、混乱してしまったためか。

「こわい」と彼女は小声でつぶやくように言った。雷鳴が轟《とどろ》いた。彼女はまた声を上げて泣き、目を見開いてあたりをおそるおそる見回した。泣き声が高くなった。彼女は両手で自分の身体をくるみこむ仕種《しぐさ》をした。「こわい!」

彼は深い感動に包まれた。あんまり感動したので、雷鳴も雨も気にならなかったほどだ。

威勢のいい、男まさりの気が強い順子先生が、泣いている。子供みたいに泣いて僕に助けを求めている。こわい、と言って震えている。

彼は女が……しかも美しく気の強い、生意気そうな女がこんなふうに泣くものとは思っていなかった。気の強い女は決して泣かないものだ、と思っていた。彼の母は泣いたことがない。年若い恋人を作り、遊び歩いて父に離婚された時も、平然として煙草《たばこ》をふかしていたものだ。

ひとりっ子である敬一が父親の元にとどまるということが決まった時、母は悲しそうな顔をして彼の手を取ったが、目はうるんでいなかった。母は気丈で冷静で、自分の運命を受け入れながら生きる女だった。泣きながら男に助けを求めているのを見たことは一度もない。

敬一は順子先生が泣くのを見ながら、この感動は忘れないだろう、とひそかに思った。彼は自分が勇敢で頼りがいのある男になったのを感じていた。彼は幸福だった。

なのに以来、十一年間、彼は不幸にして泣く女とは出会ったことがない。彼の教養と家柄に興味を示して、かろうじてデートの相手をつとめてくれた女は、みんな逞《たくま》しくて生意気なだけの、涙とは縁のない女ばかりだった。

泣かせてみたくて、わざと皮肉を言ったり、苛《いじ》めてみたりしたことは何度かある。だが相手は泣くどころか、鼻先でせせら笑い、「どうかしたの?」と逆に聞いてくるのだった。「何が言いたいのかは知らないけど、熱でもあるんじゃない?」と。

どうやれば、順子先生のように泣いてくれるのだろう、と彼は長い間、思案していた。山に連れていって置き去りにすればいいのだろうか。あるいは強姦《ごうかん》するふりをしてみるのはどうだろう。ナイフを突きつけて脅《おど》すという手もある。

だが、強姦や脅迫《きょうはく》というのはイメージに合わなかった。第一、身体を鍛《きた》えている最近の若い女は、痩《や》せっぽちの男にそう簡単には強姦されないだろう。逆に殴られてこちらが痣《あざ》を作るかもしれない。

つい一年ほど前に、生まれて初めて深い関係になった森本真紀《もりもとまき》も決して泣かない女だった。真紀は彼と同じ大学院に通う学生である。知り合ったのは学内の図書館。偶然、同じ『エリザベス朝悲劇論』という書物を探していて、言葉を交《か》わしたのがきっかけだった。

とりたてて美人というわけではなかったが、一流企業の社長秘書のようなきびきびとした動作と、真っ直ぐに伸ばした姿勢、聡明で勝気そうな言葉遣いが敬一をすぐに虜《とりこ》にした。

どぎまぎしながら、お茶に誘うと真紀は躊躇《ちゅうちょ》した様子も見せずについて来た。ふたりは大学の近所のコーヒーショップでコーヒーを飲み、イギリス文学の話に花を咲かせた。敬一が華族の血を引いていることを打ち明けると、真紀はあっさりと受け流し、「そうだったの」と言っただけだった。質問は何もなかった。どうやら家柄には興味を持っていない様子だった。そのことが敬一を喜ばせた。

デートを繰り返していくうちに、いっそう親密さが増した。彼女のマンションに招待され、生まれて初めての性体験も滞《とどこお》りなくすませた。その折、彼女が何も不満げな表情をしなかったのは、成功した証《あかし》である、と彼はほっとした。過去に三十人もの女を知ってる男だと思われたかもしれない。

　やがて真紀は自分のマンションの合鍵《あいかぎ》を彼に渡した。情熱的な愛情の表現をする女ではなかったが、真紀が自分をステディな関係にあると認めてくれたことは確かだった。そのうち、と彼は考えた。プロポーズすればすんなりと受け入れられるだろう。おやじに紹介したら、おやじは一も二もなく祝福してくれるに違いない。真紀は金持ちの父親をもつお嬢さんだ。小笠原家の結婚相手としては、これほど満足のいく相手はいない。

　だが、彼にはひとつだけ不満があった。真紀は一度も泣いたことがなかった。涙ぐんだことさえない。もともと泣くタイプの女ではないのだ。いつもきりりとしていて、冷静で、穏《おだ》やかで、知恵が働き、自信たっぷりである。泣かせてみたくて、口喧嘩のようなものを始めてみたことも何度かあったが、真紀はさらりとかわした。

「どうしたの、お馬鹿さん」と彼女は子供に向かって言うようにたしなめる。「いい子ね。苛々《いらいら》しないで。ね？」

　ベッドで彼女を痛めつけてみようと思ったこともある。手足をしばりつけて、蠟燭《ろうそく》の火をたらす。雑誌で見かけたことのあるような、おぞましい性の儀式の数々だ。

だが実行する勇気はさらさらなかった。彼は少なくとも、その方面の性癖は持ちあわせていなかった。それにそんなことをして泣かせても面白《おもしろ》いはずはなかった。真紀が泣きじゃくり、彼に助けを求め、彼がやさしく抱いてやるためには、もっと別の、心理的な恐怖や悲しみが必要だったのである。

四月になったばかりの或る日の午後。敬一は渋谷に出て書店めぐりをし、必要な本を十冊ばかり買い集めた。暖かな日で、太陽はことのほか、柔らかく感じられた。彼は公園通りをぶらぶら散歩し、ガラス張りのコーヒーショップでコーヒーを飲み、ことのほか満ち足りた気分で店から真紀のマンションに電話をした。もしよかったら、出て来ないか、と誘うつもりだった。

だが電話は留守番電話になっており、真紀のいつものロボットのようなひんやりとした声がテープで返ってくるばかりだった。「はい、森本でございます。せっかくお電話をいただきましたが、ただいま留守にしております。ご用件がございましたら……」

彼はがっかりして、受話器をおろした。合鍵はいつも持ち歩いている。これから彼女のところへ行くこともできる。会う約束もせずに、留守中の彼女の部屋に入りこんだことは一度もなかった。真紀がいやがるだろう、と思っていたからだ。だが、一度くらいならそうした悪戯《いたずら》も許されるかもしれない、と彼は思った。夕方までに戻って来なければ、俺が置き手紙をして帰るまでだ。戻って来たら、そのままふたりでどこかへ出かけて、軽く食事をすればいい。

彼はコーヒーの代金を支払うと、店を出た。公園通《こうえんどお》りの渋滞した車の列を一瞥《いちべつ》し、歩き出そうとすると、どこかで激しくクラクションが鳴らされた。

「おい！　敬ちゃんじゃないか！」

聞きなれた声だった。敬一は振り向いて声のする方向に目をきょろきょろさせた。一台の白い乗用車の窓から、父方の従兄弟《いとこ》の克之《かつゆき》が手を振っているのが見えた。

「奇遇だなあ」克之はそう大声で言いながら、敬一を手招きした。「どこへ行くの？　送ろうか」

咄嗟《とっさ》に、真紀の名前は出さないほうがいい、と敬一は思った。真紀を克之に紹介して以来、克之は真紀のことを必要以上に褒《ほ》めそやし、そのことが敬一の癇《かん》にさわっていたからである。他人に自分の恋人を褒められるのは悪い気はしないはずだったが、克之だけは別だった。

甘いマスク、優しい物腰、長身、シックな服装のセンス……それに加えて、同じ小笠原家の家柄を持ち、父親が国立大学の教授、本人も司法試験の勉強中……ということになると、これは敬一にとっての天敵と言ってよかったのだ。

「いや、ちょっとね」そう言いながら、敬一は勧《すす》められるままに助手席のドアを開け、腰をおろした。「渋谷駅まででいいよ。電車に乗るから」

「家に帰るんじゃないのか。送るよ。どうせ頭をすっきりさせるのにドライブしてるだけだからさ」

「いや、いいんだ。途中、寄りたいところもあるし」

「真紀ちゃんのところか?」克之はからかうように言い、意味ありげに笑った。二枚目俳優が演じる歯磨きのCMのように、美しい白い歯が口もとからこぼれた。「そうなんだろう」

「違うよ」敬一はむすっと答えた。「どこだっていいだろ」

「機嫌が悪いんだな。え?」克之は小馬鹿にしたように言うと、チッと舌を打ち鳴らした。「なんでここだけ渋滞してるんだ。まいったな。他はすいすい走れたのに」

「歩いたほうが早そうだね」

「まあ、いいじゃないか。駅まで乗ってけよ。天気もいいことだしさ。やれやれ。受験勉強中の身には、敬ちゃんみたいな身分が羨《うらや》ましいよ。早く合格して、こんな天気のいい日には女の子を誘ってドライブしたいもんだ」

「克ちゃんに恋人がいないなんて、信じられないね」

「そのうち、な」

克之は敬一に向かってウインクした。少し身を屈《かが》めた。車はのろのろ進んだ。敬一は持っていた書店の包みを足もとに置こうとして、何か赤い模様がついた布切れのようなものが見えた。強度の近眼のせいで眼鏡も最近は役に立たない。彼は包みを置きながら、目を細め、それをつまみ上げた。

赤い仔熊の絵がプリントされてある小さな女物のハンカチーフだった。丁寧《ていねい》に四つに畳まれてある。埃《ほこり》なのか、土なのか、隅のほうにかすかな汚れがついていた。

敬一がふざけてハンカチーフを克之の目の前にかざした。克之は慌《あわ》てた様子でそれをひったくった。

「恋人の……かな」

ハンカチはそのまま丸められ、克之のズボンのポケットに突っ込まれた。

「馬鹿言え」

「女物だったよ」敬一はからかった。だが克之は何も答えなかった。

駅の近くまで行き着いてから、敬一は克之の車を降り、軽く手を振った。「じゃあな」

克之は敬礼の仕種をすると、そのまま走り去った。なんだい、あいつ、と敬一は肩をすくめた。カッコつけやがって。

最近はいつも、車を走らせて、どこかへ出かけているようだ。叔父が嘆《なげ》いていた。ちっとも勉強が進んでないみたいだ、と。一晩、戻って来ないこともあるらしい。

どうせ、そのへんの女をひっかけているんだろう、と敬一は思い、溜息《ためいき》をついた。それとも嫁探しをしてるんだろうか。俺に触発されて。

彼は真紀のマンションのある下高井戸《しもたかいど》までの切符を買うと、ちょっと立ち止まって深々と息を吸った。真紀を奪われないようにしなければ。何があっても。


下高井戸の駅で降りてから、もう一度、真紀に電話をした。真紀はまだ留守だった。午後一時半。少し空腹を感じる。敬一は駅の近くのハンバーガーショップで、チーズバーガーとフライドポテトをテイクアウト用に包んでもらい、それを持って真紀のマンションへ行った。

駅から歩いて十分ほどの住宅地にある真紀のマンションは、瀟洒《しょうしゃ》なレンガ壁の六階建ての建物である。札幌で医院を開業している真紀の父親が十数年前に投資のために買ったという部屋は、六階の南に面した見晴らしのいい場所にあった。敬一はエレベーターを使って真っ直ぐ六階に上がり、いつもの癖《くせ》で廊下をきょろきょろ見回してから、大急ぎで真紀の部屋のドアに合鍵をさしこんだ。玄関はすっきりとしており、サンダルひとつ見当たらなかった。真紀はただでさえ狭《せま》いマンションの玄関に脱《ぬ》いだ靴やサンダルなどを置いておくことを嫌っている。彼は彼女の習慣に合わせて、脱いだスニーカーをシューズボックスの中に丁寧にしまいこんだ。

玄関を入るとすぐ右側が寝室。廊下の先がリビングルーム。真紀が勉強部屋に使っている六畳の絨毯《じゅうたん》敷きの和室は、リビングに接続している。

室内はきちんと整頓されており、キッチンの水切り籠《かご》の中には、真紀が朝食に使ったらしいマグカップと皿、それにスプーンなどがきれいに洗って並べられていた。突然、女を訪ねて行ったら、ダイニングテーブルの上に汗くさいパンティストッキングが放り出されていた、という話をかつて克之から聞いたことがある。真紀は決してそんな不潔なだらしないことはしない女だった。

買ってきたチーズバーガーを食べながら、リビングルームのTVをつける。午後の主婦向けニュースショー番組が映《うつ》し出された。世間を騒がせている、連続幼児殺害事件についての特集番組らしかった。したり顔をした司会者が眉間《みけん》に皺《しわ》を寄せて「恐ろしい事件です」と言っている。「これまでに四人のかわいい子供が何者かによって殺されました。あらたに一人のお子さんが、一昨日から行方《ゆくえ》不明になっており、安否が気遣われています。先日、遺体で発見された千里《ちさと》ちゃんのお母さんにお話を伺《うかが》いました。ごらんください」

画面が変わって、やつれた顔の中年の女が大写しにされた。泣きじゃくっているので、何を言っているのか聞きとれない。両目は涙の中に埋もれて、目というよりは水に浮かぶ黒い点のように見える。

敬一はチーズバーガーを飲みこみながら、食い入るようにそれを見つめた。泣きじゃくる女の顔にはすべて興味があった。女の嗚咽《おえつ》はどれもエロティックに感じられる。

だが、彼はふっと苦笑してチャンネルを切り替えた。美しくて若い、気丈な女が泣いているのでなければ、あまり意味はなかった。我が子を殺されたら、誰でも泣く。愛する者の死という、泣いてしかるべきことで泣いている女には、さしたる感動は感じなかった。

TVを消し、買ったばかりの本を読み始めた。うららかな春の陽差しが部屋いっぱいにあふれている。静かな午後だった。頭がぼんやりとして気持ちがいい。

彼はもぞもぞと起き上がり、チーズバーガーの包み紙をダストボックスに捨ててしまうと、そのまま寝室に行った。三時。まだ真紀は戻らない。今日はひょっとすると、夜まで戻らないのかもしれなかった。残念だと思う気持ちが、ふかふかのセミダブルベッドに横たわるといっそう、強くなった。ブルーグレーの羽根布団《ぶとん》には、うっすらと真紀のつけているオーデコロンの香りが移っている。とてつもなくセクシーな香り。

彼は真紀との間で初めて知った性の悦《よろこ》びを思い出し、恍惚《こうこつ》とした気分になった。ここに来れば、彼女と寝ることができる。せっかく来たのに、真紀を愛さないまま家に帰るのは、なんだかもったいないような気もした。ずっと彼女を待っていよう、と彼は思った。夜になってもこのままここにいれば、真紀と会えるのだ。

敬一はほのかな真紀の香りを胸いっぱいに吸い込みながら、目を閉じた。

ドアがパタンと閉まる音で飛び起きた敬一は一瞬、自分がどこにいるのかわからなくなった。彼は目をこすり、ナイトテーブルの上にあるクラシックな形をした置き時計を覗《のぞ》いた。四時二十分。ぐっすり眠りこんでしまったらしい。

玄関で真紀の話し声がする。誰かと一緒らしかった。彼は慌てて唇をこすり、涎《よだれ》の跡を消した。

真紀の声の合間に、「失礼しまあす」と言う女の声が混じった。真紀の友人の小川圭子《おがわけいこ》の声であることはすぐにわかった。

彼はベッドから出て、寝室のドアに向かった。突然、出て行ったら、ふたりとも驚くに違いない。そう思うと楽しかった。

ドアを開けようとノブに手をかけた時、シャツの裾《すそ》が乱れて、ジーンズからはみ出しているのに気づいた。彼は慌てて裾をジーンズの中に突っ込み、ついでに薄くなった髪の毛の乱れを手早く直した。

小川圭子の声が聞こえた。「あたしもね、そうじゃないか、と思ってたのよ。だいたい、真紀から彼を紹介された時、はっきり言ってびっくりしたわよ。なんでよりによって、こんな男と……ってね。真紀ともあろう女が、あんなみっともない男と深い仲になるなんて、ちょっと想像できなかったんだもの。あ、ごめんね。別に敬一さんのこと、悪く言うつもりはないのよ」

敬一はドアの前に立ち尽くした。今や、目ははっきり醒《さ》めていた。

真紀の声が続いた。「いいのよ。悪く言ってもかまわないわよ。あたしだってそう思ってるんだから。うんざりするほどみっともないものね。センスのかけらもないし。それに、今だから言うけど、あなた、信じられる？　敬一ってあたしが初めての女だったらしいわよ」

「嘘《うそ》でしょ？　それほんと？」

「ほんとよ。そういうことって……つまり……女は直感でわかるじゃない。別にいいのよ。童貞かどうかで、男の価値を決めるつもりはないんだから。でもさ、わかるでしょ。彼、今、二十四なのよ。二十四で童貞の男と、二十三でこれだけ体験を積んでる女がベッドを共にしたら、あなた、いったいどれほど喜劇的か、想像がつくでしょ」

「ああ、やだやだ。笑い話だわね。うちの大学でもピカ一のプレイガール、森本真紀が童貞を相手にしたなんてさ」

「まあ、あたしも演技力があるから、彼の自尊心を傷つけないようにどんな優しいセリフも吐いてみせることができるけど、時々、あんまりおかしくって、我慢できなくなってさ。トイレに行くふりをして、ひとりでくすくす笑ってるのよ。ねえ、コーヒーにする？　それとも日本茶？　コーラもあるわよ」

「日本茶がいいわ。ねえ、それにしても、真紀、いったいこれからどうするのよ。本気で敬一さんと結婚する気？」

「プロポーズされたら、イエスって答えるわよ。あたし、はっきりしてるの。敬一と結婚すれば、あたしは安泰だわ。彼のお父さんは学問の世界じゃちょっとした権威だし、あたしは大学院を出た後、理想通りの仕事にありつける。敬一はああいう人だから、なんでもあたしの言うことをきくしね。こんなに恵まれた結婚もないんじゃない？　結婚と恋愛は違うわ。あたし、恋に夢中になって、自分の人生を棒にふるなんて馬鹿な女のやることだと思ってるの。結婚は人生をより快適にするための手段よ。そしてあたしは、小笠原敬一という、お家柄も教養も何もかも天下一品の男を見つけたってわけよ。その男が童貞であろうが、間抜けで醜かろうが、そんなこと、まったくどうでもいいの」

「真紀らしいわね。ぞくぞくするほど、はっきりしてるんだから」

ケトルに水をくみ、ガスレンジにかける音がした。敬一は脇の下から脂汗《あぶらあせ》がにじみ出してくるのを感じた。どうしよう。俺はどうすればいいんだ。ずっとここにいて、自分に対する聞くに堪えない悪口や真紀の計算を聞き続けていなければならないのだろうか。

だが、ドアの外に出て行って、怒りにまかせて真紀の頰をひっぱたく勇気はなかった。彼はぶるぶると小刻みに震える足を床に必死で押しつけながら、じっとしていた。

小川圭子がからかい口調で声を張り上げた。「ねえ、それで？　聞かせてよ。その敬一さんの従兄弟って人の話」

「ああ、彼ね。克之さんっていうの。小笠原克之。最高なのよ。圭子が見たら、いっぺんでノックダウンよ。俳優でもないのに、こんなにいい男が世の中にいたんだろうか、って思うくらいなんだから。彼、司法試験の勉強中でね。頭がよさそうだから、この一、二年の間には資格がとれるんじゃない？」

「どうやって知り合ったの？」

「敬一が紹介してくれたのよ。彼も馬鹿よね。いくら従兄弟だからって、自分なんか比べものにならないくらいのカッコいい男を紹介したりして。克之さんがあたしの電話番号をそっと聞いてきた時は、腰のあたりがむずむずしちゃった。あたし、そういう危ない関係って好きなんだもの」

「それで、その人から電話がかかってきた、ってわけか」

「そういうこと。声がまたいいのよ。ちょっとハスキーで低くて、セクシーなの。早速、その日の夜、デートしたわ。彼の車で鎌倉《かまくら》に行って、食事して……」

「それだけ?」

「いやあだ、圭子ったら。その後のことは想像にまかせるわ。さあ、お茶が入ったわよ。どうぞ。ねえ、チョコレートもあるんだけど、食べない?」

何かの箱を開ける音。ふたりのくすくす笑い。敬一はもはや立っていられなくなって、へなへなと床に座りこんだ。

そうだ。そうだったんだ。克之の車の中に落ちていたハンカチ。あれは真紀のものだったんだ。それを俺が見つけたものだから、あいつはあんなに慌てたんだ。

くそ。敬一は歯をくいしばった。克之の顔が思い出された。真紀のことを褒めそやしていた顔。自信たっぷりなその顔。

「そんなにその克之さんっていうのが素敵だったらさ」圭子がチョコレートを頬ばっているのか、くぐもったような声を出した。「いっそのこと、乗り換えればいいじゃない。あたしは真紀と違って男の顔にうるさいから、断然、いい男のほうを勧めるけどな」

「うん。そうね」真紀がはしゃいだ声を上げている。「そのことも考えたのよ。でもさ、弁護士よりもあたし、学者の妻ってのが好きなのよ。それに、克之さんって素敵すぎて、結婚となると心配よ。女にモテすぎて浮気ばかり繰り返されたら、こっちはたまらないでしょ。いくらなんでも、あたしにもプライドってものがあるからね。亭主に浮気ばかりされてる惨《みじ》めな妻にはなりたくないもの。その点、敬一なら絶対、安全。裸の女の集団の中に放り出しておいても、みんなに無視されるんじゃない？」

「じゃあ、敬一さんと結婚して、克之さんと秘密の情事を楽しむ、ってわけか。真紀も相当のワルだわね」

「人生一回きりだしね。気持ちよく生きたいじゃない？　圭子も頑張ってよ」

ふたりの女は黄色いけたたましい声を張り上げて、笑い合った。敬一は頭の中が真っ白になった。何も考えられなかった。奥歯ががちがちと鳴る。

五分たち、十分が過ぎた。女たちは話題を変えて、大学院の講義についての話を始めていたが、やがてそれも途切れた。

「あたし、そろそろ行かなくちゃ」圭子が言った。「ああ、面白かった。もっとゆっくりしていきたいけど、今日は休めないのよ。チョコレートなんか食べちゃったし。汗をかいてカロリー消費してこなくちゃ」

「エアロビクスか。熱心に続いてるじゃない。体重は減った？」

「全然よ。かえって筋肉がついたみたい。いやあね。でも、これをやってないと、すぐに太るからね。じゃ、ごちそうさま。片づけなくてごめんね」

「いいのよ。あたしも一緒に出て、買物して来ようかな。レポート用紙が足りなくなってるから」

「じゃ、一緒に出ましょう」

ふたりは寝室のドアの向こうまでやって来た。敬一は身体を硬くした。真紀が入って来たらどうすべきか、混乱した頭の中で考えた。いきなり目の前に立ちはだかって睨《にら》みつける。そして一言。「これっきりだな」と言う。いや、何も言わずに彼女の頬を張り倒し、悠然《ゆうぜん》と玄関から出て行ったほうがいいのだろうか。それとも、このままクローゼットの中に隠れてしまったほうがいいのだろうか。

しかし寝室のドアは開かれなかった。真紀はしきりと圭子のハイヒールを褒めている。

「いいじゃない？　それ。どこで買ったの？」

「パルコのバーゲンよ。意外と安かったんだから」

「あたしも白いハイヒール、買おうかな。今度、つきあってくれる？」

「いいわよ」

靴を履《は》く音。ドアを開ける音。閉める音。鍵をかける音。賑《にぎ》やかなくぐもった女同士の喋り声が遠のき、やがて何も聞こえなくなった。

敬一は深い溜息をつき、這うようにして寝室から出た。激しい眩暈《めまい》がした。

ダイニングテーブルの上には、まだかすかな湯気をあげている湯飲み茶碗がふたつ。それにマカデミアナッツチョコレートの箱が置いてある。灰皿の中には、べっとりと赤い口紅がついた吸殻が三本、転がっていた。

目茶苦茶に暴れてやりたい衝動にかられたが、かろうじて理性を働かせてこらえた。ソファーの後ろに置いておいたため、真紀に見られずにすんだ本の包みを抱えると、彼はつんのめるようにして玄関に向かった。エレベーターには乗らず、非常階段を使って下に降りる。喘《あえ》ぎ声が階段ホールにこだました。

外に飛び出すと、夕暮れ時のひんやりした春の風が頬を撫《な》でた。ショックと怒りの後には、沈みこむような絶望が始まりつつあった。彼は顔を歪《ゆが》め、猫背をいっそう丸くして、のろのろと歩き始めた。

※

その計画はまことに速《すみ》やかに練《ね》られていった。それに、これから実行しようとしていることが、社会的法律的な制裁を受ける種類のものではない、ということは、どう考えてみても明らかだった。

一石二鳥とはこのことだ、と彼は思った。自分が受けた手ひどい侮辱《ぶじょく》をくつがえし、自尊心を満足させることができる。嬉《うれ》しいことに、真紀がうろたえて泣き叫ぶ声を存分に味わえるという、おまけつきだ。

真紀を泣かせる。それは最高のセレモニーだった。おそらくこれほど待ち望んだ瞬間もなかったかもしれない。もう他のどの女も泣かせたいとは思わなかった。彼は真紀が泣く姿さえ見られれば、それでよかった。

あの傲慢《ごうまん》で計算高くて自信家の森本真紀が泣く！　しくしく泣くのではない。助けを求めて泣きわめくのだ。あまりの恐怖に失神してしまうかもしれない。涙でひきつった頰を歪めて。

想像するだけでわくわくした。偉そうに打算的に生きるのが当世風だと思いこんでいる愚かな自信家の真紀とて、所詮《しょせん》、女だ。男にはかなうまい。

見てろよ、真紀。敬一はほくそえんだ。俺が男だ、ということを見せてやる。喉《のど》から血が出るほど泣き叫べばいい。そうしたら俺が助けに行ってやる。それで終わりだ。ジ・エンド。すべてを明らかにして、俺はおまえから去っていく。おまえはショックに茫然《ぼうぜん》としたまま、俺を見送るのだ。あとのことは知ったことではない。

真紀のマンションで屈辱を受けた日から三日後の木曜日。敬一は普段と変わりない調子で真紀に電話をした。

「どう、元気だった?」

「元気よ。あなたは? ずっと連絡をくれなかったから、ちょっと心配してたのよ」

「心配……って、どうして?」

真紀は鼻をくすんと鳴らし、甘えた声で言った。「いやだ、敬一ったら。当たり前でしょ? あたしとあなたは、ただの友達じゃないんだもの」

そうだね、と敬一は怒りがこみあげてくるのを我慢しながらうなずいた。「ところで真紀。きみは今週の週末はどうしてる? 何か予定がある?」

「週末? そうねえ。別にこれといって……ねえ、何? 何か楽しい計画でもあるの?」

「うん。実はきみと一緒に箱根の別荘に行こうかと思ってるんだ。以前、きみにも話したことがあるだろう。祖父の建てたでっかい別荘でさ。多分、きみにも気に入ってもらえると思うよ。なにぶん古くてバケモノ屋敷みたいに見えるかもしれないけど、居心地《いごこち》は悪くないし。どうだろう。一緒にそこで週末を過ごさないか」

「あら、素敵」真紀は本気にも聞こえるほど、はしゃいだ声で言った。「素敵じゃないの。是非、行きましょうよ。あたし、バケモノ屋敷みたいな古い建物って好きなの」

「怖くない？」

「吸血鬼が出るの？　それとも、女の亡霊？　平気よ」真紀はくすくす笑った。「あたし、根っからの合理主義者なの。いざとなったら、あなたを助けて亡霊と闘うまでよ」

そうだろうとも、と敬一は内心、悪態をついた。「よし。決まりだね」

「一泊する？　それとも日帰り？」

「きみの好きなように。食器も冷蔵庫もそろってるし、なんなら四、五日、滞在したってかまわないんだよ」

「そうねえ。でも、あたし、一泊しかできないわ。週の初めにちょっと友達と会う予定も入ってるし……」

どうせ、克之と会うんだろう。敬一は煮えくりかえるような嫉妬《しっと》を感じたが、黙っていた。一泊できるなら充分だった。それでもう用はない。

「じゃあ土曜日の朝十時ごろにきみのところに迎えに行くよ。僕の車で行こう。それでいい？」

「ＯＫ。楽しみにしてるわ」

週末が待ち遠しかった。といっても、何ひとつ準備することはない。脅すためのナイフも、首を絞《し》めるための革ベルトも、まして、アリバイ作りに奔走《ほんそう》することも必要なかった。これは犯罪ではなく、ただのセレモニーなのだ。演出力さえあれば、事足りる。

彼は父親の書斎に保管されている別荘の鍵を一式、取り出して来て、それぞれを検《あらた》めた。

まず玄関ドアの鍵が二本。裏口の鍵が一本。敷地内にある倉庫の鍵が一本。主寝室の鍵と二階にある四つのゲストルームの鍵が、それぞれ一本ずつ。四つのゲストルームの鍵には、数字が書かれた白いラベルが貼りつけられており、どれがどの部屋の鍵なのか、一目でわかるようになっていた。

ゲストルームや寝室に鍵をつけたのは、祖父の趣味だった。若いころ外国暮らしが長かった祖父は、西洋かぶれもはなはだしく、別荘はことに念入りに洋館の特徴を真似《まね》て作られた。つまり各室それぞれに一つずつ、内側からも外側からも開けられる鍵をつけたのである。別荘に招かれた客たちは、宛《あ》てがわれた自分の部屋の鍵を持ち歩き、夜は、ホテルのように内側から鍵をかけることができた。そうすることで、部屋は独自のプライバシーを守れる空間となり、客たちは皆、その一風変わった西洋風のあしらいを喜んだ。

四つあるゲストルームのうち、一番端の部屋は普段からあまり使われない部屋だった。

というのも、その部屋は客がたてこんだ時だけ客室として使用するための部屋で、そうでない時には、リネン類や寝具を置いておく納戸《なんど》として使われていたからである。

窓はあるにはあったが、天井近くに設けられた小さなものがひとつあるだけ。相当、背の高い人間が、椅子《いす》を使って手を伸ばしてもやっと桟《さん》に届くか届かないか、という高さである。窓というよりは大きめの通風口といったほうがいいかもしれなかった。

敬一はいくつかの鍵の中から、その納戸の鍵だけを取り出し、別にしておいた。準備はそれで完了した。

出発の前夜、彼は万が一のことを考えて従兄弟の克之に電話をしてみた。克之は小笠原家の血を引く者のひとりとして、別荘の合鍵一式を叔父ともども所有し、自由に利用できる立場にある。デートに別荘を利用することもある、とかつて克之から聞いたこともあった。モーテルなんか使うよりは、よっぽど気がきいてるじゃないか、と。

間違っても、今回、彼と鉢合わせになってはならない。そのために克之の行動予定を聞いておく必要があった。

「勉強は進んでるかい?」敬一はさりげなく聞いた。まあね、と克之は答えた。

「春だしさ。どこか旅行にでも行ったんじゃないか、と思ってたんだけど、しっかり勉強しているようだね」

「旅行？　まさか」克之は苦笑した。「そんな暇《ひま》はないよ。せいぜい車でそのへんをドライブする程度だ」

「ドライブで思い出したんだけど、もう長いこと、箱根にも行ってないなあ」

「そうだな」

「あれだけ近いのにな。このまま誰も使わないでいると、ガタがくるかもしれないよね。克ちゃんも時々、デートに使えばいいのに」

「とんでもないよ。考えたこともないさ」

「でも前に何度か、利用したことがあるって聞いたけど」

「前はね。でも今はもう、興味ないよ、あんなところ。敬ちゃんもあそこには行かないほうがいいよ。古いだけが取柄の、くそ退屈な屋敷だから」

「行かないさ」敬一は内心、ほっとしながら答えた。大丈夫。克之は箱根に行く気はないらしい。彼はしばらく世間話をし、電話を切った。

土曜日の十時ぴったりに、敬一は車で真紀を迎えに行き、ふたりは箱根に向かった。真紀は白のスリムパンツに、肩パットの入った洒落《しゃれ》たピンク色のトレーナーを着ており、髪を首の後ろで束ねてピンク色のリボンを巻いていた。休日に社長のお伴をしてゴルフ場に向かう秘書みたいだ、と敬一は苦々《にがにが》しく思った。スポーツ万能、実務能力も優秀で、何があっても動じずに、臨機応変に対処できる、健康で美しい社長秘書だ。

十二時前に国道沿いの蕎麦屋《そばや》で軽く昼食を食べ、買物をすませた。別荘に到着したのは一時ごろだった。

東京を出発した時は晴れあがっていた空も、そのころになると怪しくなっており、雲がたれこめて、今にもひと雨きそうな気配だった。おあつらえ向きというべきだった。歳月を経てすっかり黒ずんだ木造の大きな洋館は、ただでさえ不気味に見えるのに、曇天《どんてん》の下では、さながら恐怖映画の舞台になりそうな佇《たたず》まいを見せていた。

屋根裏のある三角屋根。暖炉の煙突。車寄せに何台もの高級車が横付けになり、夜会風の服装をした人々がここを訪れていたことは、敬一の記憶の中にもかすかに残っている。だが祖父が亡《な》くなり、父の代になってからは、そんなことはなくなってしまった。父が渡米する以前は、それでも夏の間、長期滞在していたものだが、父が留守である現在、ここを使うことは滅多にない。

最後に使ったのはいつだったろう、と彼は思った。去年の十月だったか。叔母が学生たちとの合宿に使いたいと言って、その折、敬一も二、三日、滞在した。あれ以来、まるで誰も使っていないはずだ。

特別に雇っている管理人が、月に一度、建物の内外を点検し、風を入れて、リネン類を日に当ててくれることになっている。それでもやはり、人の住まない洋館は、ひっそりと陰気に淀《よど》んで見えた。

「へぇ」真紀は車寄せに横付けにした車から降りると、しげしげと興味深げに建物を見渡した。

「驚いたわ。映画のセットみたいなお屋敷じゃないの」

「僕が言った通り、バケモノ屋敷みたいだろう？」

「そうでもないわよ」彼女はあっさりと言った。「なかなか雰囲気があって素敵だわ」

彼女が本気で素敵だと思っているらしいことは、その態度でわかった。真紀は敬一が開けてやった玄関からズカズカと中に入り、湿ったカビくさいにおいにも不快な顔をせず、感嘆の声を上げながら、部屋のひとつひとつを覗いていった。

敬一は困惑し始めた。幽霊でも出そうだ、と思わせることには失敗したようだった。

彼女は調度品を被《おお》っている白布を一枚一枚、剝《は》がしていって、そのアンティーク調の家具を褒めそやし、女主人のような顔をしながら楽しげにパチンと両手を鳴らした。「掃除しない？　一泊だけしかしないけど、あたし、ここにあるものを磨きたくなっちゃった。こんなに素敵なんだもの」

拒否する理由は何もなかった。彼は同意し、早速、居間とダイニングルーム、それに厨房《ちゅうぼう》の掃除を始めた。床に掃除機をかけ、埃をはらい、窓を開け放って、空気を変える。調度品を手分けして磨き、クッションを整え、厨房で湯を沸かして、くすんだ食器類を洗い、清潔な布巾《ふきん》で拭《ふ》いた。

すべてやり終えると、真紀はいそいそとコーヒーをいれるために厨房に入り、鼻唄まじりにトレイにカップを並べ始めた。

敬一は二階に上がった。四つのゲストルームのうち、一番端の部屋の鍵を開ける。十畳ほどの洋間に備えつけられた幅の狭いクローゼット。中には清潔なリネン類がひしめいていた。

見苦しくないように室内のがらくたをまとめる。石油が半分ばかり入ったポリタンク。壊《こわ》れかけたストーブ。客間用の灰皿やハンガーが入った段ボール箱。ビニールでくるまれたフロアスタンドは取り出して、室内の片隅に飾った。

すっかり整理すると、室内は納戸というよりは、ちょっとしたシンプルな空間……ベッドが置かれていないホテルの一室になったように見えた。彼は満足し、また階下に下りた。

真紀はコーヒーをいれ、あたしたちの寝室はどうするの、と聞いた。あたしたち？　敬一は内心、せせら笑った。今夜は一緒に眠れないんだよ、真紀。多分、きみはショックに打ちひしがれて、帰る、と言い出すに決まってるんだ。

「二階はさっききれいにしておいたよ」彼は言った。「きみのためにね」

真紀は背筋を伸ばしてコーヒーカップを優雅に手に取り、自信たっぷりに微笑《ほほえ》み返した。

夕方になって思っていた通り、雨が降り始めた。真紀はレコードキャビネットから古いシャンソンのLPを取り出し、プレーヤーにかけると、そのまま厨房にこもって料理を始めた。完全に主婦気取りだった。いずれ、ここが自分のものになるのだ、と思いこんでいるのかもしれない。敬一は夜になるのをじっと待ち続けた。

気取った夕食がすむころ、雨はやんだが、強い風が吹きつけるようになった。屋敷全体がみしみしと不気味な音をたてたが、真紀はいっこうに気にしていない様子だった。満足げに、デザートのコーヒーを味わい、煙草に火をつけて、出番待ちの花形女優のような態度で顎《あご》をつんと上げ、煙を吐き出している。

敬一はそわそわと落ち着かない気分になった。果たして成功するだろうか。こんな調子で彼女は、計画通り、泣きわめいてくれるだろうか。

「敬一ったら。どうかしたの？　なんだか落ち着かない感じね」真紀がおかしそうに言った。

「あなた、ひょっとして怖いんじゃないの？　風が強いしね」

「そんなことはないさ。いや、実は……僕は今日……」

「何なのよ。いやあだ。お腹でも痛み出したみたいな顔してるわよ」

「真紀。上に行こうよ。ちょっときみに……相談したいことがあるんだ」

相談と聞いて彼女は興味深そうに目を見開いた。結婚の相談。そう勘違いしたのかもしれない。だとしたらかえって好都合だった。敬一は意を強くして、席を立った。

「さあ、おいで。二階に行こう」

「ここじゃだめなの？」甘ったるい声。

「二階の部屋のほうがいいよ。落ち着くから」

いいわ、と真紀は吸っていた煙草をもみ消し、煙草のパッケージをウエストバッグの中に入れると、ナプキンで手早く口を拭いて立ち上がった。明らかに期待しているような素振りだった。敬一は胸をドキドキさせながら、先に立って、階段を上がった。

廊下の突端にある納戸のドアをさっと開ける。途端に露骨なまでもの失望の影が真紀の横顔に走った。「何なの？　この部屋」

「僕が一番、好きな部屋なんだよ。これでも一応、ゲストルームなんだ。ちょっと狭いが、落ち着くだろ。さあ、そのへんに座って。クッションを当てるといい。寒いかい？

寒かったらストーブをつけようか。電気ストーブしかないんだけど」

　真紀はうなずき、怪訝《けげん》な顔をしながらも、電気ストーブをつける敬一をじっと見ていた。スイッチが入れられたストーブは、埃くさいにおいをまきちらしながら、発火し始めた。

「煙草、吸ってもいいんでしょ」

「もちろんさ。さあ、灰皿もある」

　真紀は持ってきた煙草のパッケージから一本、抜き取り、慣れた手つきで火をつけた。敬一は彼女が深々と煙を吸い込み、吐き出すまで、辛抱《しんぼう》強く待っていた。

「実はね、真紀」彼はできるだけ低い声で言った。「これはきみにしか言えないことなんだ。怖がったりしないでほしい」

　風が唸《うな》り声をあげて吹きつけた。聞きようによっては、苦悶《くもん》する女の悲鳴のように聞こえる。建物のどこかで、人が歩いているような軋《きし》み音がした。

　真紀は「え?」と聞き返した。彼女の目にかすかな不安が走ったのを敬一は見逃さなかった。

「何なのよ。どうしたっていうの?　そんなに怖い顔をして」

「どれだけ迷ったことか。こんなことを告白すれば、きみに逃げられてしまうことはよく承知してる。でも僕はきみにしか言いたくない。今日、ここにきみを連れて来たのはそのためだったんだ」

「前置きは結構よ。早く言ってよ。ねえ、ここ、ちょっと寒いわ。下に戻らない？　暖炉に火をおこして……何か飲みながら話を聞くわよ」

敬一はそれには応《こた》えずに、上目遣《うわめ》いをしながら彼女を見つめた。真紀はひるんだようだったが、それでも懸命にひきつった笑顔を作ろうとしている。「ふざけるのはやめて。風の吹く夜に怪談話でもしようっていうの？　このお屋敷でかつて悲惨な死に方をした人がいる、とか言い出すんでしょ。今夜あたり、亡霊が出るかもしれない、って。あはは。あいにくだけど、あたし、そうした作り話に振りまわされるほどウブじゃないのよ」

「よくわかるね」敬一はさらに低くつぶやいた。フロアスタンドの丸い光の中で、真紀は一瞬、黙りこくった。彼は続けた。「この屋敷ではいろいろなことがあった。祖父の代のころ、惨殺事件があったんだ。雇っていたメイドの若い女の子が、恋人の恨《うら》みをかってね。夜中に斧《おの》で頭を割られたんだ。血の海だったよ。僕は小さかったが、はっきり覚えている。僕が現場の第一の目撃者だったんだ。首が転がってた。ちょうど今、きみが座ってるあたりだ」

真紀が震え上がったのがはっきり見てとれた。敬一はほくそえんだ。嘘が次から次へと出てくる。「それから十年後、今度は遠い親戚筋にあたる中年の男が、冬の夜、ここにしのびこんで、首を吊った。おかしなことだよ。それもこの部屋だった。あれを見てごらん。天井に梁《はり》があるだろ。あそこからロープを垂《た》らして……」

「やめてよ！」真紀が叫んだ。腰を浮かせ、今にも逃げ出そうとしている。敬一はそれをそっと制し、冷ややかに言った。「真紀。きみみたいに聡明な女性がそんなに怖がるのはおかしいじゃないか。僕はこの一連の出来事に関して、きみの意見を聞きたいと思ってたんだよ。論理的な話なんだ。何も怪談話をしようとしているんじゃない」

聡明と言われて、真紀の自尊心は恐怖にかろうじて勝ったようだった。彼女は浮かせた腰を元に戻し、せかせかと二本目の煙草に火をつけた。

「いいかい？　何故、この部屋でそんな悲惨な出来事が二度も起こったか。僕にはただの偶然とは思えないんだ。部屋に呪《のろ》いがかかっていたわけでもあるまい。それに……」

「論理的に解釈しろ、って言うの？　難しいわよ、そんなこと。第一……」

「いや、先を続けて聞いてほしい。この屋敷では、最近になって、さらに恐ろしいことが起こってるんだ。これも偶然だろうか。たかだか二十年ばかりの間に、三度も同じ屋敷でこんなことが起こるとはね」敬一は自分でもぞっとするほど陰気な笑《え》みを浮かべてみせた。彼は天井を見上げ、ゆっくりと指さした。「この天井裏は、屋根裏部屋になっているんだよ。だだっ広い物置みたいなものだ。そこに今……死体がひとつある」

真紀は呼吸を止めたように硬直した。みるみるうちに顔が白くなった。阿呆のように、唇をだらりと開けている。

風が小さな窓をたたいて通り過ぎた。ドアの外の廊下が、みしっと軋んだ。

彼は真紀のほうににじり寄り、耳元に息を吹きかけて囁《ささや》いた。「僕が殺したんだ。僕がやった」

突然、真紀は機械仕掛けの人形のように、がちがちと歯の音をさせながら、のけぞり始めた。喉の奥から、声にならない悲鳴がしぼり出された。立ち上がろうとするのだが、うまく立てない。腰がぬけているらしかった。

「逃げないでおくれ、真紀」敬一は痩せた手を亡霊さながらに彼女に向けて、ひらひらさせた。

「僕を助けてほしいんだ。あの死体、どうしたらいいんだろう。つい、やってしまった。ここに運んだのも、かつてここで死んだ死人たちに招き寄せられたせいかもしれない。今、死体は腐りかけている。ほら、何だか匂わないかい？　肉が腐る匂いだよ。風に乗って匂ってこないかい？」

真紀はいやいやをする子供のように、首を左右に振った。敬一はゆっくりと立ち上がった。

「僕はちょっと、死体の様子を見てくるよ。甘い匂いがするね。ちっとも臭くないよ。かわいい子供の死体だ。殺したくなんかなかった。でも、あんまりかわいくて、殺してしまった。僕はかわいい女の子を殺すのが好きなんだ。真紀。きみにもあの子を見せたい。見せてあげよう」

そう言うなり、彼は身をひるがえして、ドアのほうに歩きだし、廊下に出て、ゆっくりと落ち着いた動作でドアに鍵をかけた。真紀の叫び声が轟いた。床を這いずり回る音がする。彼はすっかり嬉しくなって、口笛でも吹きたい気分になった。

真紀のことがかわいく思えた。こんな馬鹿げた作り話をすっかり信用してしまっている。今に泣き出すだろう。泣いて暴れて、助けを求めるだろう。そこに俺が再び登場する。あれは全部、冗談だったんだよ、と言ってやる。彼女は怒るだろうが、あまりのショックのせいで、俺の胸に顔を埋めて泣きじゃくるだろう。

敬一はその瞬間を思い描きながら、廊下の隅にある小さなドアを開けた。細い階段が延びている。屋根裏に通じる階段だ。彼は後ろ手にドアを閉めた。カチリという音がした。

階段を上がり、真っ暗で何も見えない屋根裏部屋のスイッチを探した。手探りでやっと見つけ、押してみたが、明かりはつかなかった。スイッチは壊れていた。

だが明かりは必要ではなかった。屋根裏の構造はよく知っている。幼いころ、しょっちゅう、克之とここで遊んだ。古びた大型トランクや蜘蛛《くも》の巣のかかった骨董《こっとう》品の数々、売れば値打ちの出そうな古文書などがあふれかえる屋根裏は、子供にとって格好のイマジネーションをかきたててくれる場所だったのだ。今もさして当時と変わっていないはずである。

彼はつまずかないように注意しながら、カビくさいにおいのする古いサイドボードの角を曲がった。めざす地点にはすぐに辿《たど》りつけた。彼は腰を屈め、わくわくする思いで床板に指をかけた。その床板が一枚だけ壊れているのは昔から知っていた。重い蔵書を何冊も載《の》せていたせいで、板にひびが入り、割れてしまったのである。

板をそっと剝《は》がすと、直径五センチほどの小さな丸い穴が現われた。子供時代、敬一が悪戯をして、父に隠れて空《あ》けた穴だった。その穴からは、真紀のいる部屋が真っ直ぐ下に見下ろせる。よくそこに隠れて穴から下を覗き、リネン類を取りに来るメイドたちに水鉄砲の水をひっかけては、克之とふたり、げらげら笑ったものだ。

敬一は穴に目をつけ、下を覗きこんだ。真紀がドアに身体をぶつけて開けようとしている。表情はよく見えないが、声だけはよく聞こえる。「いやよ！　開けて！　お願い！」恐怖に喉も張り裂けんばかりだ。だが、まだ泣いている気配はない。肩をドアにぶつけて痛めたのか、顔をしかめ、真紀は部屋の中央に戻って来た。わなわな震えながら部屋中を見回している。リボンで結んだ髪の毛がほつれ、フロアスタンドの明かりの中でさながら鬼女のように醜く見えた。視線が天井に移った。敬一は思わず、身を引いた。真紀が天井の穴に気づいた様子はなかった。

荒い呼吸が聞こえた。ゼイゼイと喉を震わせている。泣け！　泣くんだ！　敬一は祈る思いで再び、真紀を見つめた。だが、真紀は泣かなかった。恐怖とショックが強すぎたのだろうか。それとも、敬一の考えていた以上に理性的な女だったのか。真紀は、何かに取りつかれたように、クローゼットの扉を開け始めた。狂ったようにリネン類を床に放り出し、中に頭を突っ込む。

だが、真紀はすぐにクローゼットから頭を戻し、時折、ドアのほうに警戒するような目を向けながら、あたふたと部屋の片隅にあった椅子のほうに駆け寄った。何か思いついたらしかった。

椅子を引っ張り出して来て、天井近くにある小窓の真下に置く。その上に飛び乗ると、彼女は思いきり手を伸ばした。窓は高すぎた。彼女の手の先は虚《むな》しく宙をかきむしった。

無駄だよ。敬一はつぶやいた。きみは泣いて助けを求めるしかないんだ。

真紀は一瞬、顔を歪め、わーっと声を上げて、泣き出した。椅子がぐらついた。彼女はあらゆる希望を断たれた罠《わな》の中のねずみのように、うなだれながら椅子から下りた。陶酔が敬一を満たした。見たかった真紀の涙が、今やはっきりと見てとれた。真紀が泣いている。あんなに絶望的に泣いている。

しかし、真紀は諦《あきら》めなかった。彼女の涙と嗚咽は、まるでそれが冗談だったと言わんばかりに、すぐに止まった。彼女は涙を手の甲で拭《ぬぐ》うと、挑戦的な目つきで部屋中を見回し、せかせかと煙草をくわえて火をつけた。気持ちを落ち着かせようとしている様子だったが、その落ち着きはらった大胆な行為に、敬一は驚いた。何故、こんな時に、煙草なんか吸うんだ。涙を拭く必要はないじゃないか。もっと泣けばいいじゃないか。

何かが彼女の気を引いた。真紀は火のついた煙草を灰皿の上に置くと、部屋の隅にまとめられていた石油のポリタンクを引っ張りだした。タンクの中で石油がごぼごぼと音をたてたのがはっきり聞こえた。

真紀はタンクを椅子の上に載せ、それからふらつく身体で神妙な顔をしながら、タンクの上に乗ろうとした。タンクは不安定に傾き、真紀はよろめきながら、床に落ちた。だが、何度かの失敗の後、彼女は両足をタンクの上に乗せ、足場を作ることに成功した。

手を伸ばす。窓に手が届いた。ねじ式の鍵を回し、彼女は窓を開けた。敬一はごくりと唾《つば》を飲んだ。窓の下には一階部分の屋根がせり出している。そこに下りれば、地上に下りるのは簡単ではないか。

「真紀」彼は我知らず大声を上げ、床をどんどんと打ち鳴らした。だが、逃げることに夢中になっているらしい真紀は、それに気づいた様子もなかった。彼女は自分の運動神経のよさを誇示するかのように、窓の桟に片足をかけ、身体を外に突き出して、今まさに残る片方の足を引き上げようとしているところだった。

敬一は走り出した。こんなはずではなかった。今ごろは泣き叫ぶ彼女をなだめ、別れ話を持ち出していたはずなのに。

階段を転がるようにして下り、ドアのノブに飛びついた。ドアは開かなかった。

彼はノブをぐいぐい押した。肩でドアにぶつかってもみた。だが、ドアはびくともしなかった。

さっきここに来る時、後ろ手に閉めたドアが、カチリと音をたてたことを思い出した。何かの拍子《ひょうし》で、外側から鍵がかかってしまったのだ。屋根裏には小さな窓がついている。かつて、そこから別荘荒らしが侵入し、屋敷の中の金目のものが盗まれたことがある。以来、万一のことを考えて、屋根裏に通じるドアには、廊下側から鍵がかかるよう、父が業者に命じてノブにプッシュ式の鍵をとりつけさせたのだ。

その鍵がドアを閉めたとたん、かかってしまったことは明らかだった。中からは決して開けられないように。

敬一は再び階段を駆け上がり、さきほどの穴から下を覗いた。真紀は残った片方の足でポリタンクを蹴ろうとしているところだった。タンクが椅子から転がり落ちた。そのはずみで真紀の身体は、窓の桟の向こう側に押し出されていった。真紀に蹴飛ばされたポリタンクは床に勢いよく転がり、蓋《ふた》がはじけ飛んだ。石油がそこからこぼれ始めた。

車のキイを真紀に預けておいたことを思い出し、敬一は頭をかきむしった。なんてことだ。なんて馬鹿なことになったんだ。

頭を抱え込んだ両手がふと止まった。ある恐ろしい直感が彼を縮み上がらせた。石油！　彼は穴に目を近づけ、こわごわ覗いた。ポリタンクから流れ出した石油が、じわじわと床を這っている。その先に灰皿があった。火がついたままになっている煙草が、まだ紫煙を上げている。

触手のような石油の流れが、その煙草のほうに向かっている。彼は叫び出した。煙草の火は石油が到達してくれるのを待つかのように、灰になった部分をぽとりと灰皿の中に落とした。煙草は火をつけたまま、灰皿からこぼれ落ちた。

石油の魔手がそこに伸びた。背の低い炎があがり、みるみるうちに床を舐《な》めつくしていったのは、その直後だった。

敬一は狂ったように再び階段を下り、ドアに体当たりした。体重のない、力のない彼の前で、ドアはせせら笑うかのようにびくとも動かなかった。

今や、泣いているのは敬一のほうだった。彼はまた階段を上がり、壁伝いに窓を探した。どこだ！　どこにあったんだっけ！　ガラスを叩《たた》き割って外に出れば、焼け死なずにすむ。うまく飛び下りれば、骨折程度ですむだろう。

階下で火のはぜる音がする。冷汗《ひやあせ》が全身から吹き出した。膝《ひざ》はがくがくして今にも折れそうだ。遠くでかすかに車のエンジン音がした。タイヤを軋ませてUターンする音。

真紀は行ってしまった。そしてここに残されたのは俺だけだ。

必死で理性を取り戻そうとする。窓。窓は確か、背の高い古いキャビネットで隠してしまったんだっけ。

突然、キャビネットのある場所が甦《よみがえ》った。そうだ。あそこのトランクの後ろだ。

煙のにおいがした。彼は目を皿のようにして、トランクをまたぎ、キャビネットに手をかけた。震える足がトランクにひっかかった。彼は前のめりになり、しこたま額《ひたい》をキャビネットの扉に打ちつけた。

はずみで蝶番《ちょうつがい》のはずれたキャビネットの扉が、ギイと音をたてて開いた。炎が屋根裏の床にまで届いたのか、あたりが一瞬、明るくなった。

扉の中に、杭《くい》で吊り下げられた人形のようなものが見えた。彼は息を止めた。人形？うなだれたように俯《うつむ》いている顔。力なく垂れ下がっている腕。彼は後じさった。わけがわからなかった。まるで地獄を見ているようだった。

それは人形などではなく、小さな女の子の死体だった。

プリント模様のブラウスを着ている。下半身のほうは暗くて見えない。

敬一は吐き戻しそうになって、口を押さえた。その死体が着ているブラウスの模様には見覚えがあった。

赤い仔熊！

克之の車の中で見たハンカチーフが思い出された。赤い仔熊の模様がついたハンカチーフ。慌てたようにそれを隠した克之。真紀の部屋で見たＴＶのニュースショー。連続幼児殺害事件。つい先日、行方不明になったまま、まだ見つかっていない女の子の話。克之。いつも車で目的もなくドライブしている彼。箱根の別荘は利用しないほうがいい、と言っていた彼。

敬一はへなへなと崩《くず》れ落ちた。死体の入ったキャビネットを動かし、窓を見つけて叩き割る気力が失《う》せた。

炎が屋根裏の床を舐めていく。煙が充満してくる。強風の夜、屋敷はひとたまりもなく、焼け落ちてしまうだろう。小さな哀《あわ》れな子供と共に、俺の焼死体が見つかるだろう。真紀は証言するに違いない。連続幼児殺害事件の犯人は小笠原敬一だ、ということを。

彼は激しく咳きこんだ。馬鹿なことをした、と後悔した。笑おうと思い、口を歪めたが、もう笑えなかった。彼は泣きながら、身体を丸めて床にうつ伏せになった。

隣りの女

空は重たい灰色の雲で被《おお》われていた。開け放したままの居間の窓からは、湿った生暖かい風がピュウピュウと音を立てて吹きこんでくる。庭の煉瓦《れんが》で囲われた花壇では、鮮やかに咲いたオシロイバナやヒメヒマワリ、デイジーの花が風をうけて激しく揺れている。

庭で遊んでいた柴犬《しばいぬ》のトムと、トラ猫のジェリーが、大慌《あわ》てで家の中に駆け込んで来た。大粒の雨が降り出し、乾いた地面にたちまち巨大な水玉模様を描き始めた。久仁子《くにこ》は犬と猫の汚れた足を拭《ふ》いてやると、居間の窓をしっかりと閉めた。

大型の台風が九州のほうに上陸した影響で、関東地方に接近していた低気圧も勢力を盛り返したらしい。さっきの五時のニュースでは、千葉県に雷雨警報が発令されていた。

降り出した雨は五分とたたないうちに、猛烈な勢いで大地を叩《たた》き始めた。まだ五時半だというのに、あたりはすでに夜のように暗い。久仁子は居間の電気を点《つ》けようとして、いつもの癖《くせ》で首を伸ばし、隣家の駐車場をちらりと窺《うかが》った。

隣りの服部《はっとり》家の駐車場は空《から》だった。雨で煙ってしまっている空《あ》き地の向こうの車道にも、赤いシビックの姿は見えない。

服部美弥子《みやこ》がシビックで出かけたのは、確か一時間ほど前。行き先は駅前のスーパーだろう。そろそろ戻ってもおかしくない頃なのに、その気配がないのは雨のせいかもしれなかった。シビックのワイパーの調子が悪いと言っていたから、雨が小降りになるまで、どこかの喫茶店で時間をつぶすつもりなのかもしれない。

夜まで帰って来ませんように、と彼女は祈る思いで目を閉じた。美弥子が帰って来て、うちの居間に明かりがついているのを見たら、間違いなく立ち寄って、夕食までの時間、ろくでもないお喋《しゃべ》りをしていくに決まっているのだ。

電話が鳴り出した。一瞬、美弥子からの電話か、と思い、ぞっとしたが、すぐに思い直した。美弥子が電話をかけてきたことは、この一年間に数えるほどしかない。用があろうとなかろうと、直接、玄関や勝手口から騒々しい声を立てて人の家にあがりこんで来る人間がいるものだが、美弥子はまさしくそうした類《たぐ》いの女だった。

「はい。寺島《てらしま》でございます」

気取った口調で電話に出た久仁子の耳に、「俺だよ」と言う夫の辰男《たつお》の声が低く響いた。会社の自分の席からかけているらしい。受話器を通して、ＯＡ機器の低く唸《うな》るような金属音がかすかに聞こえた。

「今日は残業をするよ」辰男は淡々とした口調で言った。

「だから寮に泊まる」

「ご苦労さま」久仁子は心から言った。「こっちは雨がすごいのよ。今夜は大荒れになりそうだって、天気予報でも言ってたわ。東京はどう?」

「こっちも降り出したようだよ。残業をすることにしたのは、ちょうどいいかもしれない。嵐のせいで、また電車が止まったりしたら、えらい目にあうからな」

「そうね。でも気をつけてね。残業の後、どこかに飲みに行って、寮に戻れなくなったら大変よ」

「飲みに行く元気もないよ。くたくただ。仕事が終わったら、まっすぐ寮に戻って寝るさ。それより君のほうこそ気をつけるんだよ」

「私は大丈夫よ。トムと、ジェリーも一緒だし」

「わかった。それじゃ。明日はいつもどおりに帰るから。もう電話しないよ」

「頑張ってね」

電話は辰男のほうから先に切れた。軽やかに受話器を下ろすと、久仁子は犬と猫に向かってウインクした。「ご主人様はお帰りにならないんですって。今夜は嵐だし、三人でゆっくり過ごしましょう」

柴犬のトムが一声、大きく吠《ほ》えた。久仁子は犬の頭を撫《な》でてやり、足もとに絡《から》みついてきた猫の背中を愛情をこめて軽く叩くと、鼻唄まじりに居間のカーテンをひと思いに閉めた。雨はいっそう激しくなったようだった。遠くでかすかに雷鳴が轟《とどろ》いている。

嵐の晩に、まだ家がまばらにしか建っていない新興住宅地のはずれで、たった一人で眠らねばならなくなったら、たいていの女は怖《お》じ気づくかもしれなかった。だが、久仁子は別だった。嵐が来たら来たで、楽しめることは幾つもある。

たとえば……と彼女はわくわくする思いで考えた。暴風雨の中、孤立した山小屋に一人でいるトム・ソーヤーを想像すればいいのだ。丸太を組んだだけの小屋で、風に揺れる蠟《ろう》燭《そく》の明かりの下、寄って来る動物たちを相手に静かに嵐が過ぎるのを待つ〝女トム・ソーヤー〟。

いや、映画で観た『アドベンチャー・ファミリー』の母親役になりきってもいい。野生のクマだって手なずけてしまえるような、たのもしい母親。小屋のそばに植えた野菜でスープを作り、たんぱく質は豆でまかなって、結構、上等の料理を作り、嵐の音を聞きながら読書をする。眠るのはワラのベッド。映画では確か、アライグマが二匹、一緒に眠っていたっけ。嵐が嫌いな小さな動物たちも小屋に入れてやるのだ。そんな夜が過ごせたら、どんなに楽しいだろう。

今夜の食事はもう、決まったわ、と久仁子は軽く両手を打ち鳴らした。西部劇でよく男たちが食べているようなポークビーンズに、野菜スープ。それに冷凍してある胚芽《はいが》パンと黒パンを解凍し、バターを塗って食べる。いかにも嵐の晩にふさわしい、素朴な食事ではないか。

夕食の後はゆっくり童話の続きも書ける。この夏に、もうすでに一編の童話を仕上げた。今、とりかかっているのは二作目だった。相変わらず大自然が舞台の動物ものだったが、久仁子は二作目の進み具合から見て、どうもこちらのほうが傑作になりそうだ、と思っていた。

どこに発表するわけでもない、ただ一人でノートに書き、適当にイラストをつけて保存しておくだけのものだったが、童話を書くという行為は、久仁子にとってなくてはならない楽しみのひとつになっていた。子供もいないのに、よくそんなものを書いて楽しめるわね、と美弥子に言われたこともある。童話はおろか、小説のひとつも読む習慣のない美弥子らしい発言だった。そんな人間に何を言われようが、いっこうに構わない、と久仁子はひそかに思っていた。それに近頃では、童話に関する話題は持ち出さなかったので、美弥子はもう、そんなことはとっくの昔に忘れてしまっているに違いない。

冷蔵庫を開け、何種類かの野菜を取り出してまな板の上で乱切りにした。ブイヨンと共にコトコト煮込めば、栄養たっぷりの自家製野菜スープの出来上がりだ。

スープを煮る間、いんげん豆の缶詰《かんづめ》を開け、豚肉と一緒に下ごしらえする。豆に缶詰の缶のにおいが移っているのが少し気になった。今度は、庭の家庭菜園でいんげん豆も育ててみよう、と彼女は思った。茄子《なす》やプチトマト、きゅうりはすべて菜園で育てたものを使っている。豆も自家製にしたほうがいい。いっそのこと、野菜類は全部、自給自足にしてみようか。

こうした楽しさを味わえない夫が気の毒だ、と久仁子はしみじみ思った。一生、この楽しみを味わえずに終わってしまう人間は、どんな人よりも不幸なのではないだろうか。

辰男とは七年前に見合い結婚した。久仁子が二十六歳、辰男が三十五歳の時だった。九つも年が離れているせいか、あるいは辰男自身にそうした性格があるせいなのか、夫はそれこそ馬車馬のように働き続けた。一日も早く一戸建ての家を手に入れるために、である。これといって何の取柄《とりえ》もない辰男にとって、家を買うことは何にもまして自尊心を満足させることだったらしい。

保険会社に勤める辰男のセクションは、残業をした分だけ、残業代がそっくりそのまま給料に加算されるような所だった。そのため、誰からも強制されるわけではない残業を率先して引き受けていれば、小金はたまっていった。とりたてて子供を作ろうとしなかった夫婦二人きりの生活では、さほど金はかからない。結婚してわずか三年後、辰男が三十八の若さで、難なく土地つき一戸建ての建売り住宅の戸主となれたのは、当然の成行きと言えた。

彼は初めから、ローン地獄で一生を棒にふるような東京近郊の物件には目もくれなかった。あんなのを買うのは馬鹿がすることだ、と彼は言った。だいたい庭が狭《せま》すぎる。物干しのスペースをとったら、犬小屋ひとつ置けないようなところばかりじゃないか。それにマッチ箱みたいにセンスの悪い安普請《やすぶしん》の家がついているだけで、軽く一億を超えるんだぜ。どだい、馬鹿げた話だ。何がよくてそんなものに手を出すのか、俺にはわからん。

久仁子もその意見には賛成だった。犬を飼ったり、猫を飼ったり、花壇を作ったりできる庭がなければ、わざわざ家を買う意味はない。

二人は幾つかの造成中の土地や建売り住宅を見て回った。環境がよくても、建売りの家屋が気にいらなかったり、家屋は気にいっても環境がよくなかったりで、なかなか満足を与えられる物件には出合えなかった。だが、結局は二人の地道な努力が実を結ぶ結果になった。

今の家は最高だった。アーリーアメリカン調の三角屋根の白い家。三階建てで、一階が玄関とキッチン、ダイニングルーム、出窓のついた居間、二階に洋間が二つとサウナ付の浴室、三階は個室仕立てのグルニエになっている。庭は驚くほど広く、花壇どころか菜園をたくさん作っても、ゴルフ練習ができそうなほど余裕があった。

周囲はまだ宅地造成中で、住宅は点在している程度。雑木林や小川もあり、自然の姿が残っているのも魅力だった。最寄《もよ》りの駅前には、今後人口が増えることを予測してか、早くも大型スーパーが進出していたし、小さいながらも診療科目がそろっているクリニックセンターもあった。住環境は申し分なかった。

だが、購入して四年。この家を愛し、住めば住むほど元気になっていく久仁子と対照的に、辰男は目にみえて疲れていく様子だった。

家から最寄りのローカル線の駅までは、急いで歩いても二十分はかかる。新宿にある辰男の会社まで、乗り換え時間も含めると二時間半。駅までの徒歩時間を省《はぶ》くために、朝は仕方なく久仁子が車で駅まで送って行くが、帰りともなるとそうはいかなかった。

ローカル線の最終電車に乗るためには、会社を遅くても九時過ぎに出ないと間に合わない。残業がある日でも、その時間に社を飛び出せば、なんとか十二時までに家に辿《たど》り着けたが、夜食を食べて風呂に入り、ベッドに入るのが午前一時過ぎ。朝は五時半に起きなければならず、睡眠不足の連続は避けようがなかった。

苦肉の策で辰男が考え出したのが、会社の寮を利用する、というアイデアである。残業や接待で遅くなるとわかっている日には、池袋《いけぶくろ》にある会社の独身寮に泊まらせてもらうのだ。彼と似たような環境の社員が、他にも二、三いるらしく、通勤に二時間以上かかる社員には、会社のほうが寮を利用することを正式に認めてくれるようにもなった。

おかげでずいぶん、辰男も楽になったようだった。夫が帰宅するまで眠らずに待っていることがなくなった分だけ、久仁子も楽になった。お互いさまというわけだ。

だが、それにしても、よくこんな生活が続くものだ、と久仁子は半《なか》ば信じられない思いで夫を眺めていた。

土曜と日曜はぐったりと家の中で寝転がっているから、庭いじりをしたり、散歩をしたりする楽しみも味わえない。むろん菜園で野菜を育てるなどということは、考えも及ばないだろう。

あなたは寝転がるためにお金をはたいて家を買ったのね、と時々、からかってみるものの、それはあながち冗談とも言いきれなかった。辰男は週末になると、駄々《だだ》っ子のように久仁子に用を言いつけ、灰皿ひとつ自分では取りに行かないようになってしまった。

季節を味わうことも、花を愛《め》でることも、動物たちと遊ぶことも忘れてしまった人間の頭の中は、いったいどんなふうになっているんだろう、と久仁子は時々、不思議に思う。きっと腐りかけた脳味噌が黄色く発酵《はっこう》して、ぐちゃぐちゃに詰まっているのかもしれない。かわいそうに。

スープの煮え具合を確かめようと、ホーロー鍋の蓋《ふた》を取った。味は満足のいくものだった。スープの湯気のせいで、キッチンはむし暑くなっている。クーラーをつけるのは嫌いだったが、雨のため窓を開けることができないから止《や》むを得なかった。久仁子はダイニングルームについているクーラーのスイッチを入れた。

キッチンの勝手口についているチャイムが鳴ったのは、その時だった。犬のトムが大きく吠えた。久仁子は渋面《じゅうめん》を作って眉間《みけん》に皺《しわ》を寄せた。

美弥子が戻って来る車の音は聞こえなかった。雨のせいだ。聞こえていれば、居留守を使うこともできたのに。

すぐさま勝手口の扉にノックの音があった。「久仁子さん？　ちょっといいかしら？」

時計を見る。六時五分。今から美弥子を中にいれたら、七時まで帰らないだろう。最悪の場合には、食事も一緒にしよう、と言い出すかもしれない。

何と言って断わるべきか、瞬時のうちにあれこれ考えたが、名案は浮かばなかった。毎度のことだった。名案などというものは、しょっちゅう、思いつけるものではない。仕方なく久仁子は勝手口の鍵《かぎ》を開けた。

「ひどい雨！」美弥子がオレンジ色のフリルがついた傘《かさ》をたたみながら、中に飛び込んで来た。

「見てよ。隣りに止めた車から歩いて来ただけで、こんなに足が濡れちゃった。悪いわね。雑巾《ぞうきん》か何かある？　このまま上がったら、床を汚しちゃいそう」

久仁子は犬と猫の足を拭くのに使っている古タオルを洗い、固くしぼって渡してやった。美弥子は白いパンタロンの裾《すそ》に泥はねがついてしまったことに悪態をつきながら、タオルでごしごしと足の裏を拭いた。

彼女は久仁子よりも七つ年上の四十歳だったが、見ようによっては久仁子と同年代……いや久仁子よりも若く見えることもあった。栗《くり》色に染めたショートカットの髪から覗《のぞ》く耳には、普段でも大きなイヤリングがぶら下がっている。大きなくりくりとした目、少し上を向いた鼻、分厚い唇、化粧がうまいせいか、肌の衰えは感じられなかったし、いくらか小太りの体型も崩《くず》れる寸前の色気を発散させていて、それがかえって彼女を若々しく見せることに役立っていた。

久仁子が夫と共に手に入れたこの建売り住宅の業者が、造成済みだった隣りの敷地に久仁子の家とまったく同じタイプの家を建て、販売し始めたのは一年前。そして販売開始直後、購入して早速引っ越して来たのが服部新平《しんぺい》・美弥子夫婦だった。

初めのころは、相似《そうじ》形のようなアーリーアメリカン調の三角屋根が、道路に向かって整然と二棟並んで建っているのが遠目にも華《はな》やかで、久仁子も楽しんでいたものだ。服部新平は控え目な好男子だったし、美弥子は引っ越しの挨拶《あいさつ》に来た時の雰囲気がなかなか気さくな感じだった。両家とも子供がおらず、それなりに距離をおいた気持ちのいい付き合いが出来そうだ、と思ってほっとしたこともあった。

だが、引っ越し後、一週間もたたないうちに、悪夢は始まった。美弥子はまるでここを二世帯住宅か何かと勘違《かんちが》いしているかのように、頻繁《ひんぱん》に上がりこむようになった。貰い物のおすそわけにやって来たり、久仁子が丹精《たんせい》こめて育てていた花を賞賛しにやって来たりしていたうちはまだよかったが、そのうち聞きもしない過去の恋愛物語や、夫との性関係などをべらべら喋るようになった。聞き流していると、それに乗じて久仁子のこともあれこれ質問してくる。さしさわりのないことを答えてやっているうちに、そんな久仁子の友好的な態度にさらに好感を持ったらしい。美弥子は毎日のようにやって来ては、新しく発売された生理用品がよかったの悪かったの、スーパーのレジ係の女が店長と不倫の関係らしいだの、TVのワイドショーに出ている女の歌手が着ていたドレスは安物に違いないだの、信じがたいほど無駄なお喋りを際限なく続けるようになったのだ。

「あら、もうお夕食の支度《したく》してたの？　偉いじゃない？　今夜のメニューは何？」美弥子は火にかけた鍋の中を覗きこみそうな勢いで言った。

「たいしたものじゃないわ。ちょっと野菜スープを煮込んでただけ。どうせ……」

どうせ今夜は夫が帰らないから……と言いかけて久仁子は口をつぐんだ。夫が帰るということは、美弥子を追い返す恰好《かっこう》の言い訳になる。「どうせ、暑くてあまりゴテゴテしたものは食べたくないし」彼女は言い替えた。

「夏はゴテゴテしたものを食べたほうがいいのよ」美弥子は子供のように騒々しく音を立てながらキッチンの調理台に近づくと、スーパーの袋に包んだものを乱暴に拡げてみせた。「ほら、見て。焼きたての鰻《うなぎ》。今夜のおかずにどうかと思って、お宅の分も買ったの。お代は気にしないで。もうこんな時間でしょ。鰻を焼いてたお兄さんが、四枚買ってくれるなら半額にしとく、って。得しちゃったわ」

鰻なんかもらってもちっとも嬉《うれ》しくなかった。鰻も何もいらないから、今すぐ帰ってほしい、と久仁子は内心、毒づいた。だが表面には出さなかった。彼女はにっこり微笑《ほほえ》むと「あら、おいしそう」と言った。「いつもいつも、すみません。気を遣わせちゃって」

「いいのよ、そんなこと。ああ、大変だった。スーパーで買物を終えて外に出ようとしたら、突然、降って来たでしょう。仕方ないから喫茶コーナーでまずいコーヒー飲んでたの。ねえ、あそこのコーヒーってほんとにまずいのね。知ってた？　きっと大量に作って水で薄めたやつを沸《わ》かし直してんのよ。あれで三百円しっかり取るんですものね。いやんなっちゃう。あら、お宅、今日はポークビーンズなの？　おいしそうなお豆じゃない？

うまく煮えてるわあ」

「缶詰よ」久仁子はそっけなく言った。美弥子は聞いていなかった。ひとつの話題について一分以上、話せるような人間ではないのだ。

「いやあね。雷が鳴ってる。こっちに台風が来てるのかしら。こんな時、亭主が早く帰って来なかったらどうしよう。でもあんまり早く帰って来てもらっても困るのよね。まだお米もといでないんだから」

「早く支度したほうがいいわよ」久仁子はやんわりと言った。「雨がひどいから、ご主人、早くお帰りになるかもしれないし」

そうねえ、と美弥子は語尾を伸ばし、ちらりと意味ありげに久仁子のほうを見た。「あのねえ、久仁子さん。主人のことなんかどうでもいいんだけど……私、今、ちょっと困ってることがあるのよ」

　そらきた、と久仁子は思った。ここで「何なの？」と聞き返したら大変なことになる。どうせ、二カ月ほど前からちょくちょく浮気を続けているとかいう、スナックの若い男の話に決まっているのだ。暇《ひま》をもてあました主婦が、物ほしげな顔をして駅裏のスナックに出入りすれば、必ずそうした誘いはかかる。相手は確か二十九だと聞いていた。十一歳も年上の主婦に手を出すのは、ただの暇つぶしに間違いない。それなのに美弥子は自分のほうが遊んでやっているのだ、と言わんばかりに彼のことをあれこれ面白《おもしろ》おかしく久仁子に報告するのだった。

ここは黙っているに限る、と久仁子は思った。話を聞く態勢をとったが最後、食事まで一緒にとろうと言われかねない。

都合のいいことに、猫のジェリーが腹をすかせたのか、ニャーニャーと鳴いて餌《えさ》をねだり始めた。ジェリーの空腹時の声はだみ声で、時として人間の声すら圧倒してしまうことがある。久仁子は「はいはい。今、御飯をあげますよ」と猫に話しかけ、キャットフードの缶詰を取り出した。犬のトムも喉《のど》の奥から嬉しそうな声をしぼり出し始めた。久仁子は犬に向かってあやすように言った。「トムにもあげますよ。ちょっと待っててね」

「まあ、いいわ」美弥子は珍《めずら》しくおとなしく引き下がった。「今度ゆっくり聞いてもらうことにするわ。長い話なのよ。でもほんとに困ってるの。いずれ、じっくり相談に乗ってね」

「いいわよ」久仁子は出来るだけ愛想よく言った。「今度ゆっくりね」

「早いほうがいいんだけど……私、どうしたらいいのかわかんないのよ。主人にも相談できないことだし……」

「なるべく早い時期に話を聞くわ」久仁子は視線を犬たちに釘付《くぎづ》けにしたまま、あまり誠意を見せないよう気をつけながら言った。美弥子は残念そうにしばらくもじもじしていたが、やがてキッチンの小窓から外を窺うような姿勢をとった。

「ほんとにひどい雨」美弥子は柳のように細く描《か》いた眉《まゆ》をひそめると、ゆっくりした動作で勝手口に降りた。そうやっていれば、そのうち久仁子が引き止めてくれると信じている様子で。だが、久仁子は何も言わずに勝手口に見送りに立った。

「鰻、どうもごちそうさま」久仁子は言った。とんでもない、と美弥子は言い、不承不承《ふしょうぶ》承《しょう》といった感じでドアを開けた。雨まじりの湿った風が勢いよく流れこんだ。美弥子は大きな半切りのオレンジのように見える傘を拡げると、名残惜《なごりお》しげな様子で、雨の中に出て行った。

※

嵐の夜にふさわしい食事を終えたのは八時ころだった。デザートにバニラアイスクリーム少しとプリンスメロン半分を食べながら、気に入っているシャカタクのLPをかけた。雨は止むどころか、ますます激しくなったようだった。閉じたカーテンの向こうで激しく稲妻が光り、轟音《ごうおん》がそれに続いた。

犬のトムは大の雷嫌いで、さっきからソファーの後ろに隠れたまま出てこない。ジェリーのほうはいっこうに無頓着だ。サイドボードの上で腹を見せながら眠っている。

気持ちのいい夜だった。夫が帰らないのだから夜食の用意をする必要もないし、第一、朝早く起きる必要もない。久仁子は食べ終えた食器を手早く流しで洗ってしまうと、わくわくしながら、二階に上がった。二部屋ある洋室のうち、一つは寝室、もう一つはフリールームとして使っている。ほとんど家にいることのない辰男は、休みの日でも滅多にフリールームには出入りしなかった。だから、そこはいつのまにか、久仁子専用の部屋になっていた。

通信販売で買った小引き出し付きのライティングデスクを置き、作りつけの棚には園芸の本や小説、童話などをびっしり並べた。籐《とう》の大きなバスケットには編《あ》みかけのレース編み一式を入れてあるし、最近、始めてみたポプリ栽培の瓶《びん》なども出窓に並べてある。自分専用の小さなCDデッキも買った。まだCDの種類は揃っていないが、そのうち徐々に増えていくだろう。

書きかけの童話ノートを取り出し、デスクの明かりを灯《とも》した。トムとジェリーがやって来て、閉じたドアをガリガリと爪で引っ掻《か》き始めた。二匹を中に入れてやる。トムはすかさず机の下にもぐりこんだ。

何か音楽をかけようか、と思ったが、雷の音が激し過ぎるのでやめることにした。嵐の夜を舞台にした童話を新しく書き始めるには、音楽などないほうがかえっていいかもしれない。

閉じたブラインドの向こうで、稲妻が閃光《せんこう》を放った。その直後、ガラスが振動するほどの衝撃が大地に轟いた。さすがの久仁子もノートから目を離してあたりを窺った。バリバリと大気を揺るがす音が長く尾を引いている。どこかすぐ近くの木に落雷があったのかもしれなかった。

だが、家自体は安心だった。三階の屋根の突端には、高性能の避雷針が取りつけてある。庭にも高い木は一本もない。

またノートに目を落とした。ノートの罫線《けいせん》が一瞬、暗くなった。部屋中の明かりが一、二度点滅したかと思うと、プチリとかすかな音を立てて消えた。

「いやんなっちゃう」久仁子は声に出してそう言い、椅子《いす》から立ち上がった。停電するとは思ってもみなかった。さっきの落雷のせいだろう。このへんは田舎だから、復旧までに時間がかかるかもしれない。

あたりは文字どおり漆黒《しっこく》の闇で、何ひとつ見えなかったが、久仁子はまったく慌てなかった。彼女は落ち着いてドアを開け、廊下に出た。懐中電灯は確か寝室のベッドの脇に置いてあるはずだ。手探りで寝室に入り、床を這《は》うようにして懐中電灯をまさぐった。犬のトムがやって来て、彼女の手にハアハアと息を吹きかけた。久仁子は何だか楽しくなってきた。

懐中電灯の明かりをつけ、一階に降りた。蠟燭は居間のキャビネットの中に入っている。つい先日、七回目の結婚記念日の夜にキャンドルを立てて辰男と乾杯したから、よく覚えていた。

キャンドル立ての三本の蠟燭はまだ半分以上、残っていた。彼女はキッチンからマッチを持って来て火を灯し、それを居間のセンターテーブルの上に置いた。

雷は相変わらず続いている。雨はまさしく横なぐりといった感じだ。ポットの中の湯が冷めないうちに紅茶でもいれよう。そう思って久仁子がキッチンに行きかけた時だった。けたたましく電話が鳴り出した。

今頃、誰だろう、と彼女は思った。辰男のはずはなかった。残業で会社にいる時に電話をよこしたことなど、これまで一度もない。

まさか、という予感はあった。彼女はこわごわ受話器を取った。受話器の奥から聞こえてきたのは、聞きなれたあの、鼻にかかるキンキン声だった。久仁子はぞっとして目を閉じた。

「もしもし？　停電になっちゃったでしょ？　怖くて怖くて……。私、一人きりなのよ。主人は遅くなるんですって。真っ暗なのよ。どうしたらいい？」

思わず溜息《ためいき》をもらしてしまったが、美弥子に聞こえた様子はなかった。久仁子は「蠟燭はないの？」と聞いた。「懐中電灯は？」

「懐中電灯なんか、納戸《なんど》の奥にしまいこんじゃったわ。蠟燭は三階のグルニエのほうに置いてあるのよ。でも真っ暗だし、怖くてそこまで上って行けないの。それにね、久仁子さん。変なことがあったの」

美弥子はべそをかきながらも、薄気味悪いほど低い声で言った。「さっきから変な電話があってね。私が出ると切れちゃうの。三度くらいあったわ。それにね……ああ、ぞっとする。さっきから家の周《まわ》りを誰かがうろうろ歩いてるみたいなのよ」

「まさか」久仁子は鼻先でせせら笑った。

「この嵐の中を誰が歩くもんですか。気のせいでしょ。雨や雷の音がそんなふうに聞こえただけよ」

「でも、電話は何なの？　実際にかかってきたのよ」

「いたずら電話ね、きっと。気にしないほうがいいと思うけど」

「ねえ、久仁子さん。これからそっちにお邪魔してもいいかしら。家の中にひとりでいると怖くて怖くて、どうにかなりそうなのよ」

久仁子は舌打ちしそうになった。雷で停電したくらいで、どうしてこれほど大騒ぎするのだろう。夜寝る時は、誰だって真っ暗な中で眠るではないか。

「いいでしょ？　久仁子さん。お願い」声はほとんどうわずっている。久仁子は唇を噛《か》んで短い間に計画をまとめ上げた。美弥子がこっちに来るよりは、自分が美弥子の家に行って蠟燭を点けてやり、なだめすかしてから帰って来るほうが時間の無駄が省けるかもしれない。美弥子がひとたびこちらに来たら、どうなだめても深夜まで帰らずに居座り続けるかもしれない。

「わかったわ」久仁子は穏《おだ》やかに言った。

「でも私のほうからそっちに行くわよ。懐中電灯があるから、すぐに行けるし、それでいい？」

「いいわ、いいわ、もちろんよ。ねえ、早く来てね。それから外に出たら、うちの周りに誰かがうろうろしてるかもしれないから、誰なのかしっかり見て来てね」

見た後で殺されたらどうなるのよ、と言いたかったが、我慢した。久仁子は受話器を下ろし、トムとジェリーに言葉をかけてやってから、懐中電灯を片手に玄関に出た。外は猛烈な豪雨だった。稲妻が夜空にしきりと閃光を放っているのが見える。風も強く、さした傘はすぐに吹き飛ばされそうになった。彼女は傘をしっかり握りしめながら、ドアに鍵をかけ、小走りに道を走って服部家の玄関ポーチに立った。

あたりに不審な影などひとつもなかった。懐中電灯の丸い光を通して見えるのは、大地を叩きつけて跳《は》ねかえる雨だけだった。

チャイムを鳴らすと、すぐにドアが開けられた。美弥子は救助隊にすがりつく遭難者のようにして久仁子の腕を取り、中に引き入れた。

「ああよかった。どうもありがとう。TVでドラマを見てたら、突然、電気が消えるんだもの。死ぬほどびっくりしたわ。ねえ、誰か外にいなかった?」

「全然」

「それがねえ、変なのよ。庭のあたりを靴で踏みしめるような音がして……。二階の窓から覗いてみたんだけど、よく見えないの。停電する前のことよ」

「猫一匹いなかったわ。気のせ《せ》いよ」久仁子は一刻も早く家に戻りたかったので、美弥子を急かしながら、階段のところまで連れて行った。家の構造はまったく同じなので、それこそ手探りで中を歩ける。

「蠟燭がグルニエにあるんでしょう?　一緒に行ってあげるから、早く見つけて火を点けましょうよ」

久仁子が先に立って明かりを照らしてやりながら、美弥子をやっとの思いでグルニエに上らせた。七坪ほどのグルニエに美弥子はラブソファーを運びこみ、花柄の壁紙を張ってちょっとした寝室のようにして使っている。亭主の新平が出張で留守の夜、浮気相手の若い男をそこに連れこんで朝まで過ごした時の話は、耳にタコが出来るほど聞かされていた。グルニエについている窓を開けて、朝焼けの空をふたりで見たのよ。小窓のところに久仁子さんがくれたミニバラの鉢植えが置いてあるでしょ。あの鉢植えがまたきれいで、映画みたいだった。咲きかけたバラのつぼみが夜露に濡れてて、それを通して朝焼けが見えるの。最高だったんだから……と。

美弥子は暗闇の中で腰を屈《かが》めながら、ソファーの脇にあるローチェストの引き出しを開け、蠟燭を二本取り出した。蠟燭はクリスマス用の太いサイズのもので、周囲に樅《もみ》の木の模様がついていた。それに火を灯し、専用の小皿に並べる。室内は懐中電灯の光と蠟燭の火とで、たちまち明るくなった。

「何か飲む?」美弥子はほっとしたのか、いつもの声にもどってそう聞いた。何もいらない、と久仁子は言った。「すぐに失礼するから」

「そんなこと言わないでよ。もう少しだけ一緒にいて。せめて電気がつくまで」

「でも私、いろいろすることもあるし……」

「いいじゃない。人助けだと思ってよ。私、雷が鳴っただけで生きた心地がしなくなるんだから。主人からは電話があって、今夜は遅くなるからタクシーで帰る、って言うし、どうしようかと思ってたのよ。久仁子さんが隣りに住んでなかったら、私、失神してたかもしれないわ。ねえ、お宅のご主人はお帰りなの？」

突然の質問に久仁子は思わず首を横に振ってしまった。「まだよ」

「だったらなおのこと、いいじゃない。ね？　電気がつくまで一緒にいて。この家ったら、風が吹くとあちこちがミシミシ鳴るのよ。気味が悪いわ。お宅はどう？」

「同じよ。木造の家なんだから仕方ないわ」

「うちなんかあっちこっち、ガタがきてるの。買ってから一年しかたってないのにね。この間も、お風呂場のドアの鍵が錆《さび》ついて回らなくなっちゃったし、サウナは変に温度が高くなるし……。サウナでやけどして、そのうえお風呂場から出られなくなったりしたら大変じゃない。業者に文句言ってやったのよ。そのうち行きます、なんて言っときながら、まだ来やしないわ。それにね、このグルニエの窓の外についてる小さな花台があるでしょ？　あなたからもらった、ミニバラなんかを置いてあるところよ。そこがね、木が腐ったのかどうか知らないけど、傾き始めてんの。今度の日曜に主人が直すって言ってるんだけどね。まったく建売りってのは、これだからいやになっちゃうわ。十年も住んでたらガタガタになっちゃうんじゃない？　あら？」

美弥子は口をつぐんだ。どうしたの？　と久仁子は聞いた。美弥子は口に人差し指をあてて、声をひそめた。「下で電話が鳴ってる音がしない？」

久仁子は耳をそばだてた。階下の居間で鳴り続けている電話の音がかすかに聞こえた。

「どうしよう」美弥子は片手で頬《ほお》を押さえた。「また変な電話だわ、きっと」

「ほっときなさいよ。どうせ子供のいたずら電話なんでしょうから」

美弥子はそれには応《こた》えずにじっとしていた。電話のベルはしばらく続いたが、やがてかき消えるように鳴りやんだ。

美弥子は軽く溜息をついて、寒そうに両手で自分の身体《からだ》をくるみこんだ。「子供のいたずらなんかじゃないと思うわ、私」

「どうして？　心当たりでもあるの？」

美弥子はわざとらしく大袈裟《おおげさ》に身震《みぶる》いしてみせながら、久仁子を見上げた。「多分、タケシなのよ、あれは」

タケシと聞いて、それが美弥子の浮気相手の名前であることを思い出すまでに、長い時間がかかったような気がした。美弥子の浮気相手がタケシであろうがヒロシであろうが、そんなことにはまるで興味はなかった。久仁子は「ああ」とうわの空で言った。「そうなの？」

「今日、あなたにも言ったでしょ？　困ったことがあるんだ、って。そのことなのよ」

久仁子は黙っていた。もう今夜は家に戻れそうにないような気がした。書きかけの童話のことや、暗闇の中で待っているであろうトムとジェリーのことが頭をよぎった。せっかく一人きりの楽しい夜になりそうだったのに。

美弥子は堰《せき》を切ったように喋り始めた。

「彼ったらね、私のこと脅迫《きようはく》してきたの。脅迫よ。信じられないでしょ。彼は相当のワルだったのよ。といっても別に暴力団に入ってるとかいうんじゃないけど。前科もあるらしいのよ。最近、知ったの。それでね、私に五百万の手切れ金を出せ、って。出さなかったら、私との関係を主人にバラす、って」

自分が置かれた状況の異常さを語りながら、美弥子の表情はあまり変わらなかった。むしろ悲劇のヒロインになったことを喜んでいるようにも見える。その無神経さに呆《あき》れながらも、久仁子はかろうじてうなずいてみせた。「大変じゃないの」

「そうなのよ。それを聞いたのはつい四日前。私、これまであなたにも言わなかったんだけど、ここ二週間ばかり全然、彼に会ってなかったの。別れるつもりだったのよ。素敵な男だったけど、やっぱりねえ。このまま続けてどうこうする、って相手じゃないもの。それで四日前に会った時、なかったことにしましょう、って言ったの。そしたら脅迫してきたってわけよ。一昨日《おととい》も電話があったわ。五百万払わないとどうなるか、わかってるんだろうね、ってまるでヤクザみたいな言葉を使って……」

「それで美弥子さん、どうするの、よく平気でいられるわね」

「わかんないわ。五百万なんてお金、主人の預金から引き出したらすぐバレちゃうし。だから困ってるって言ったのよ。きっとタケシが嫌がらせをするためにさっきから無言電話をかけてるんだわ。主人が家にいると思ってるのよ。だからわざとそんなことをして私を苛《いじ》めてるんだわ」

蠟燭の火が揺れて美弥子の顔に青白い影を作った。彼女は続けた。「いい男だったのよ。ほんとに、いい男。野性的でカッコよくて、ちょっと乱暴なところも好きだった。私、ほんとうのこと言うと別れたくなかったくらい。別れないでいましょう、って言うのもいいかもしれないわね。彼だって私と別れたくないんだわ、きっと。私から別れ話を持ち出したものだから、あんなふうにして嫌がらせしてるだけなのかもしれない」

あんたもよほどの間抜けね。そう言ってやりたかったが、かろうじて久仁子は我慢した。おめでたい人間が、おめでたいことを想像して楽しんでいたとしたって、自分には無関係だ。

「そうしてみたら？」久仁子はうんざりして無責任にもそう言った。「別れないでこのままでいましょう、って言ってみたら？　彼の気持ちも変わるかもしれない」

そうよね、と美弥子は嬉しそうに言った。雷の音は遠ざかっていた。風は相変わらず吹いていたが、雨はいくらか小降りになったようだ。

「今度電話がかかってきたら、私、そう言ってやろうかしら。案外、彼は素直に喜んでくれるかもしれないし。あの人、私のこと姉のように思ってるのよ。だから駄々っ子みたいに、ワルぶってみせてるのかもしれない。孤独な青年なんだわ」

美弥子がタケシを称して「孤独な青年」と言い終えた直後のことだった。まったく突然に、何の前ぶれもなく天井の電気がパッとついた。そしてそれを待っていたかのように、家中に軽やかなチャイムの音が響き渡った。久仁子は美弥子と思わず顔を見合わせた。

「ご主人？」久仁子は聞いた。さあ、と美弥子はそわそわ落ち着かない素振りで立ち上がった。

「主人はこんなに早く帰らないはずだけど……」

「じゃあ、誰？」

「まさか……まさか、タケシがここに来たんじゃ……」

美弥子は恐怖と喜びを混ぜこぜにしたような表情をしながら、グルニエの窓辺に走った。はね上げ式の窓を思いきり上げる。湿った空気が室内に吹きこみ、点けていた蠟燭の火を激しく揺らした。

こわごわ下の玄関ポーチを見下ろしていた美弥子が、口を半開きにしたまま振り返った。「彼だわ。ねえ、どうすればいい?」

なぜ、こんな嵐の晩にタケシが美弥子を直接訪ねて来たのか、久仁子にもわからなかった。もしかすると亭主の新平がいるかもしれないのに、よくもそんな図々しい真似《まね》ができるものだ。

またチャイムが響き渡った。美弥子はしばらくの間、うろたえるように室内をぐるぐる回っていたが、やがて決心したように「出てみるわ」と言った。「何の用なのか、聞いてみる」

それがいいわ、と久仁子は言った。「ご主人が帰らないうちに、なんとかしないと大変なことになるわよ。中には絶対に入れないようにしなくちゃ」

そうね、と美弥子はうなずき、「ここにいてね」と言った。「あとでまた話を聞いてもらうから」

美弥子はグルニエを出て行った。階段を下りる足音がし、やがて玄関を開ける音がかすかにした。グルニエの窓は開けっ放しだった。久仁子は蠟燭の火を吹き消し、天井の明かりも消して、そっと下を見下ろしてみた。

　グルニエの窓の下の右側が玄関ポーチになっていて、ポーチには小さな三角屋根がついている。その屋根の下に蠢《うごめ》く黒い影が見えた。

　雨は小雨程度になっていたが、風は相変わらず強い。地面から吹き上げるように吹いてくる風のせいか、下の話し声ははっきり耳に届いた。

「そんなに濡れて……」美弥子の声。「いったいどうしたの。こんなに突然」

「話があったんだよ」タケシの声。声変わりしたばかりの少年の声を、酒と煙草《たばこ》とで潰《つぶ》したような声だった。「どうしても言っておきたいことがあってな」

「電話してたのはあなたね？」

「さあね」

「電話じゃ言えないようなことなの？」

「ともかく中に入れてくれよ」

「だめよ。話はここで聞くわ。いつ主人が戻るかわからないんだから」

　品のない口笛が響いた。「殊勝《しゅしょう》な心がけだな。奥さんには似合わないぜ。亭主がいつ戻ろうが関係ないだろ。俺を泊めたこともあったくせに」

「ちょっとタケシったら。あなた、私と別れたくないのなら、そんなふうにヤクザみたいな口をきいて私を怖がらせなくたっていいのよ。私、知ってるんだから。あなた、私と別れたくないんでしょ？　違う？　別れたくないからお金をくれ、だなんて、馬鹿なことを言い出したんじゃない？」

男はプッと下品に吹き出した。「おいおい、奥さん、どうしたんだよ。メロドラマみたいなことを言ってさ。俺は本気で金を払えと言ってるんだ。払わなかったら、明日にでも亭主にバラすつもりでいるんだぜ」

「本気じゃないんでしょ？　ね？　嘘《うそ》なんでしょ？」

「俺はな、奥さん。タダで年増《としま》女を抱けたことで感謝するようなニキビ面《づら》の高校生じゃないんだよ。それに中年女にサービスするホストでもない。俺は目的がなきゃ、女を抱かない男なんだ。金さ、金。金さえ払ってもらえれば、文句は言わない。あんたには丸二カ月、いい夢を見させてやった。二カ月分の夢の代金、五百万円ってのは高い買物じゃないだろうが」

「ひどい！」美弥子が声を荒らげた。「ひどいわ。ひどすぎる。私と別れたくないのなら、正直にそう言えばいいじゃない」

「あと二カ月、夢の続きを見させてやってもいいぜ。その代わり、その時は夢の代金は一千万だ。それでもいいってのかい？」

美弥子の泣き声が響き渡った。ヒステリーを起こしているような声だった。「あなた、嘘をついてる。私を苛めて別れさせまいとしてるんだわ」

「奥さん、気は確かかい？　俺、悪いけど女がいるんだよ。別れたくないのはその女のほうで、あんたじゃないんだよ」

「嘘よ！　嘘！　ひどいわ！　そんなこと言って！　そんな嘘、私は信じない。だってタケシ、あなたは……」

　突然、靴がコンクリートをすべるような音がしたかと思うと、玄関の三角屋根の下から二人の男女の姿が現われた。紺色のサマーブルゾンのようなものを着た若い男が美弥子の首を両手で絞《し》めつけ、外壁に頭を打ちつけ始めた。はっとして久仁子は身を隠した。

　ドスのきいた声が響き渡った。「気安くあなたとかタケシとか呼ぶんじゃねえ！　このババア。何度言ったらわかるんだ。俺はあんたが信じられないほどのワルなんだよ。金を払わなかったら、どうなるか、すぐに見せてやるからそのつもりでいろ！」

　外壁に頭を打ちつける音が続く。それは湿った土嚢《どのう》で壁を叩いているような不気味な音だった。美弥子はくぐもった叫び声を上げ続けた。だが、苦痛のせいか、それはただの歯ぎしりの音のようにしか聞こえない。

　恐ろしくなって歯がガチガチと鳴り出した。久仁子はそれでも懸命に冷静さを保つ努力をし、息をひそめて下を覗いた。

「わかったか！」男は怒鳴《どな》った。「亭主にバラす前に、あんたをあの世にいかせることだって出来るんだぞ！」

男の両手が乱暴に離された。どさりと音を立てて美弥子の身体は地面に崩れ落ちた。

男は吐き捨てるように言った。「明日の午後までに金を用意しろ。また電話する。いいな」

美弥子がうなずいたのかどうか、はっきりわからなかった。背中を丸めたまま座りこむようにじっとしている。

男はしばらくの間、美弥子の様子を確かめているようだったが、やがてペッと唾《つば》を吐くとそのまま走り去って行った。

男の足音が道路に響き渡り、やがて慌てたようにエンジンを吹かすバイクの音が遠くに聞こえた。後には風の音だけが残った。

久仁子は窓の外の花台に身を乗り出し、「美弥子さん」と声をかけた。「大丈夫？」

あれくらいで意識を失ったはずもないし、まして死んだはずもなかった。しばらくすると、美弥子はもぞもぞと身体を動かし、途切れ途切れの喘《あえ》ぎ声と共にうずくまった。立ち上がる気力もないようだった。喘ぎ声に混じって湿った咳《せき》が聞こえた。

久仁子が身を乗り出した花台めがけて、突風が吹きつけてきた。風のせいか、あるいは久仁子の身体の重みのせいか、わからない。木製の白い花台についている手摺《てすり》の一部に、メリッと湿った音がし、数本のひびが入った。その瞬間、ミニバラの鉢植え……かつて久仁子が栽培し、美弥子にせがまれてプレゼントした赤いミニバラの入った巨大な素焼きの鉢が、スロープを滑《すべ》り落ちるようにしてわずかずつ動き始めた。

久仁子の目は、鉢に釘付けになった。さっき美弥子が言っていた言葉が甦《よみがえ》った。グルニエの窓の外についている小さな花台があるでしょ。そこがね、木が腐ったのかどうか知らないけど、傾き始めているの。今度の日曜日に主人が直すって言ってるんだけど……。

木が腐りかけた花台。もともと傾いていた花台。雨と突風……。

下では美弥子が同じ姿勢のままうずくまっている。久仁子は自分がコンピュータのように冷静で無感情になっているのを感じた。彼女は目で美弥子と花台の位置関係を確認した。美弥子の頭部は、花台の壊《こわ》れた手摺の真下にあった。勝率は五分五分だった。ほんの少しずれても、失敗に終わる。だが、仮に失敗したからといって、誰ひとりとして自分を疑いはしないだろう。

ただし、指紋には気をつけねばならない。久仁子はそばにあった懐中電灯を使って、そっと素焼きの鉢を押した。濡れた路面を滑り落ちるスキー板のように、鉢は難なく台の上を滑っていき、壊れかけていた手摺の手前で止まった。

あとひと押しだった。ひびの入った手摺がうまく割れてくれれば……。

懐中電灯を握る手に力をこめた。メリッという音がたて続けにし、やがて素焼きの鉢は折れた手摺ごと、真《ま》っ逆様《さかさま》に墜落していった。

ドスンという音がするかと思ったが、そんな音はしなかった。久仁子の耳に聞こえたのは、もっとやわらかな音、重いものが何かやわらかな物体にめりこむ時のような、奇妙に手応えのある音だった。

久仁子はそのまま廊下に降り、玄関から外に出た。玄関脇の壁の前に、頭から赤いミニバラを咲かせた美弥子が横たわっていた。あたりには素焼きの鉢の破片が飛び散っている。しばらく様子を見た。美弥子はぴくとも動かなかった。

すぐ隣りの自分の家から、トムの吠える声が聞こえた。久仁子はゆっくり踵《きびす》を返すと、服部家の居間に行き、電話の受話器を取った。110番を回し、出来るだけ慌てた声を出すよう心がけながら、今おこった痛ましい出来事を簡潔に相手に伝えた。

パトカーと救急車が十分後に到着した時は、美弥子はすでに完全に冷たくなっていた。

久仁子は泣きながら事の次第を訴えた。

はい、そうなんです。停電の後、すぐにチャイムが鳴って、美弥子さんが玄関に出たんです。そしたらタケシという男がいて……ものすごい怖い声で美弥子さんを脅迫し始めたんです。私、怖くて怖くて、じっとしてました。どうしたらいいのか、わからなかったんです。事情を知ってましたし、下手に警察を呼んでもご主人に迷惑がかかると思って……。

そのうちタケシという男は彼女の首を絞めて、壁に頭をガンガン打ちつけました。私、止めようとしてグルニエから一階まで降りて行ったんですが、男は逃げてしまって……。美弥子さんは苦しそうにしてました。助け起こそうとした時です。突風が吹いてきて、上のグルニエの花台から素焼きの鉢が……。あっという間の出来事でした。花台が腐りかけてるからご主人に日曜日に直してもらう、って彼女から聞いてたんです。もっと早く直すように……いえ、それどころか危ないからそんなところに鉢植えなんか置かないほうがいい、って言ってあげれば、こんなことにはならなかった……そう思うと私……。

※

タケシはすぐにつかまり、犯行を認めたため逮捕された。美弥子の夫、服部新平は、花台が腐りかけていたことを証言したが、妻が自分の与《あずか》り知らぬ間に男と関係していたことについては、よほどショックだったらしく、一切《いっさい》のコメントを避けた。

葬儀が行なわれ、久仁子も辰男も出来る限りのことをして手伝った。一カ月後、服部新平は、この家を売却し、自分はひとりで東京のマンションに住むことにした、とこっそり久仁子たちに打ち明けた。

静かな日々が戻った。久仁子は嬉々として庭仕事に励み、計画していた通り、菜園にいんげん豆の種を植えた。童話の執筆もスムーズに運んだ。午後は昼寝をし、夕方になるとトムの散歩に行き、夜は夫が帰るまで、レース編みをしたり本を読んだり、借りてきたビデオ映画を観たりして存分に楽しく過ごした。

残る邪魔者はひとりだけだった。ある朝、久仁子は辰男を見送って家に戻ってから、浴室のドアの鍵の具合とサウナの温度調節の具合を確かめた。美弥子が言っていたとおり、鍵は錆ついて開きにくくなっていたし、サウナは異常なほど高温になった。

サウナは浴室内部にある。そして浴室には窓はない。あまりの高温に気持ちが悪くなって、外に出ようとしても浴室の鍵が錆びて開かなくなっていたら……。そしてそのことに家人が気づかなかったとしたら……。

辰男は医者に血圧が驚くほど高いと言われながら、いっこうに薬を飲もうとしない。そのくせ、サウナが大好きなのだ。

この一カ月、美弥子の事件の騒ぎでのんびりサウナに入ることもなかった辰男も、そろそろ利用しはじめる頃だった。そして彼はサウナを利用する時は、必ず浴室に鍵をかける癖がある。

きっとそのうち……と久仁子はほくそ笑んだ。誰にも邪魔されないで暮らせる時が来る。朝五時半に起きて、あの人を車で送って行ったり、夜食の用意をしたりする必要がなくなる時が。

予告された罠《わな》

挙式は終わったばかりだった。そして、花嫁は、今まさに愛する夫と成田《なりた》からハネムーンに出発しようとしているところだった。

五月の連休明け。外は小雨が降り続いている。だが、花嫁の周囲は虹色の膜でおおわれているように見えた。

ショッキングピンクのパンツスーツに、真っ白なシフォンのロングスカーフ。手にはシャネルのハンドバッグと蘭《らん》の花のブーケ。銀ラメのハイヒール。甘えるように夫に向かって突き出された唇。細めた目。くねくねと動かす腰。空《あ》いているほうの手は、夫の身体《からだ》に触れたままで、磁石のように離れない。

花嫁は再婚で、すでに娘ひとりがいる三十八歳だったが、とてもそうは見えなかった。顔はせいぜい三十前後。大胆に甘えるしぐさは二十二、三の小娘そのものだ。

「ごらんなさいな」新郎新婦を見送りに来た佐久間織江《さくまおりえ》は苦笑しながら言った。「あのデレデレぶり。参るわねえ。あれじゃ、きっと目の前で人が撃ち殺されたって気づかないかもね」

「うん、そうね」千晶《ちあき》はうなずき、慎《つつ》ましく口に手を当てて、くすくす笑った。

千晶は花嫁の志保子《しほこ》の一人娘で、今年、十六歳になる。お嬢さん学校として知られているカトリック系の私立高校に、つい一カ月前、進学したばかりだ。

母親の志保子がどちらかというと小作りな日本的美人であるのに対し、千晶は完璧に西洋型の美人だった。大きなアーモンド型の目。つんと尖《とが》った小さな鼻と形のいい唇。顔や身体のすべてが、将来、彼女がさらに美しく成長することを物語っていた。

母親の再婚について、千晶ほどすんなりOKのサインを出した子も珍《めずら》しいのではないか、と織江は思っていた。十六といえば多感な年頃だ。幼いころに父親と死に別れ、母とふたりきりで生きてきた娘である。母親が始めたブティックが思いのほか大成功して、経済的には恵まれており、今さら、父親など不要だと思っていたとしてもおかしくなかった。

新しい父親は四十歳。小さな輸入代理店を営んでいる。美男子には違いないが、ちょっと癖《くせ》のある男で、十六の少女の目からすれば、遠い世界の人間に見えたかもしれない。

それなのに、千晶は簡単に認めた。それどころか、新しい父になる大月義春《おおつきよしはる》に対しても親しみをこめて接し、ふたりの門出を祝福した。

千晶はきっと大人なのだ、と織江は思った。十六歳という年齢を超えてしまう精神力と包容力を持っているに違いない。もっともこの私ほどではないとは思うけれど。

大月義春……織江は、出発ロビーで見送りの知人たちに挨拶《あいさつ》している新郎を遠くから見ながら、しみじみと溜息《ためいき》をついた。おかしなことになったものね、義春さん。

実際のところ、奇妙な結婚式だった。新婦は織江の高校時代からの親友。そして新郎は織江がつい最近、別れたばかりの恋人だったのだから。

別れたばかりの恋人が、自分の親友と結婚式場に並んで、永遠の愛を誓い合っているのを眺めるのは、ぞくぞくするほど新鮮だった。嫉妬《しっと》はもちろんのこと、羨望《せんぼう》も後悔も何もなかった。織江は心からふたりを祝福したし、ふたりの幸福を願った。そうするために、特別な努力をしたわけでもない。ふたりを祝う気持ちは、ごく自然なものだった。

恋愛に関して、織江は志保子とは対照的な考え方を持っていた。志保子は男がいないと生きていけない女だったが、織江は男など二の次だった。数年に一度はめぐってくる恋愛を性的関係も含めて濃厚に味わっていれば、それで満足できた。そのせいか、志保子と違って織江は恋愛のトラブルを起こしたことは一度もない。恋のひとつひとつを、それが色褪《あ》せた時点できれいさっぱり捨て去る。そんな生き方をするのが織江の流儀だった。さもなければ、父親の跡を継ぎ、三十八の若さで佐久間内科医院の院長となった彼女が、てきぱき診療活動を続けることなど不可能だったろう。

「織江！　千晶！　こっちに来て！」花嫁が黄色い声を出してふたりを手招きした。織江と千晶は連れ立って、幸福のかたまりのような顔をした志保子のほうに近づいて行った。志保子にしっかりと腕を取られた義春が、織江をちらりと見て、あっさりと微笑《ほほえ》んだ。織江もまた、同じように微笑み返した。

そうした大人のふるまいをすることにかけては、義春は見事なほど完璧だった。彼は織江とふたりきりになっても、意味ありげなまなざしを投げることもなければ、かといって冷淡になることもなかった。終わった関係は終わった関係としてあっさりと認めることができる義春に、織江は何度、感謝したかしれなかった。自分がすでに過去のものとして葬った男のことで、親友を悩ませるなんてとんでもない話だったからだ。

「今日はありがとう、織江」志保子がしみじみと言い、織江の手を取った。「何もかも織江のおかげだわ。私、織江がいてくれなかったら、途中でどうかなっちゃって、こんなにいい旦那様を見つけることができなかったと思うの。織江が支えてくれたおかげよ。ねえ、義春さん」

義春はごく自然にうなずいた。「織江さんが僕たちのキューピッドだったたんだもんな。彼女がいなかったら、僕たちは出会えなかったんだし」

「そうよ。ねえ、考えてもみてよ。不思議なのよ。私たち。織江がお医者さんじゃなかったら、患者として来た義春さんと出会わなかったわけでしょう? それに、織江がお医者さんでも、義春さんがあの時、血圧が高くならなかったら、やっぱり出会わなかったんだわ。そして織江と義春さんが出会ったからこそ、私に紹介してもらえた。これは運命なのよ、きっと。ねえ、千晶。あんたもそう思うでしょ?」

「思うわ」千晶は自分よりも背の低い母親を見おろしながら、可愛《かわい》らしく微笑んだ。「ほんとに不思議よね」

「まあ、いずれにしても、いい結婚式だった」織江は話を変えた。このまま〝運命の出会い〟の話を続けていると、志保子が感きわまって泣き出す恐れがあったからだった。

「ふたりとも最高に素敵だったわよ。絵になってたわ。旅行、楽しんでいらっしゃいね」

「ええ、ええ、そうするわ」志保子は洟《はな》をすすりあげ、うっとりとした目で義春を見上げた。

「一カ月もヨーロッパを回ってくるなんて、みんなに悪いみたいね」

義春は微笑み、「いいじゃないか」と言った。「そのくらい許されるだろう。なにしろハネムーンなんだから」

「織江」志保子は織江に向かって言った。「千晶のこと、よろしくお願いするわね」

「まかしときなさい」織江は胸をたたいてみせた。「千晶ちゃんみたいないい子なら、一年でも二年でもお預かりするわよ」

「こんなこと頼めるのは織江しかいないの。やっぱり一カ月となると心配だしね。いくら十六といっても、まだまだ子供だし……忙しかったら、食事はこの子に作らせてね。ね、千晶。お手伝いをちゃんとするのよ。織江はお医者さまなんですからね。いくら親切に預かってくれたって、あんたの世話をする時間なんかないのよ」

「わかってるわ、ママ。子供じゃないんだから、そんなに心配しないで」千晶はふくれ面《つら》をしてみせた。まあ、まあ、と織江は笑いながら言った。「どっちみち私は独身貴族だし……千晶ちゃんとなら女同士、気楽にやれるわよ」

志保子は嬉《うれ》しそうにうなずき、母親らしい顔をして千晶と織江を交互に見つめた。だが、それも束《つか》の間のことだった。夫を見上げた彼女の顔に、母親らしい表情はもう消えていた。そこにあったのは、愛する男のためならすべてを捨てる、という、あの古典的な女の顔だった。

出発時刻が近づいた。義春は、腕にはめたロレックスの時計を眉間《みけん》に皺《しわ》をよせながら、ちらりと見つめ、「そろそろ行こうか」と言った。そんなしぐさは彼によく似合っていた。

織江はふと、自分のマンションの一室で彼が帰りぎわにそんなしぐさをしてみせたことを思い出した。彼は腕時計を見る時に必ず眉間に皺をよせる。ひどく男くさい顔をして。

そんな顔が好きで、織江は遠くから惚《ほ》れ惚《ぼ》れと見つめていたものだ。

だが、今は何も感じなかった。今もし、この場で志保子から「義春さんをあなたにあげるわ」と言われたとしても、自分は断わるだろう、と彼女は思った。確かに義春は素晴らしい男だったが、生涯、つきあう相手ではなかった。多くの男たちと同様、ただ通り過ぎていくだけの……通り過ぎていくことが一番ふさわしいタイプの男だった。

もし自分が、この人を真剣に愛していたら、と思うとぞっとした。この人と私は大恋愛の果てに結婚していたかもしれない。そして、志保子は今、ここにこうやって幸せそうな顔をして立っていることなどできなかったのだ。お人好しの志保子。恋ばかりして、そのたびにもてあそばれて、傷ついてきた志保子。愛し愛され、結婚することだけが望みだった可愛い志保子。

志保子が幸せになれたのも、私が冷静な女だったからよ、と織江は内心、つぶやいた。通過するだけの男として義春と関わったからこそ、志保子は義春とその後、恋愛ができたわけだ。義春は私にフラれた悲しみから素早く立ち直り、紹介してあげた志保子のことを好きになってくれた。ふたりはたちまち恋におち、結婚した。そして、私は気持ちよくふたりを見送る。めでたし、めでたし……。

「出発だわ」志保子が大きく息を吸って言った。「お見送りありがとう。それから、万歳三唱なんて、しちゃいやよ」

「しないわよ。こっちが恥ずかしいもの」織江は笑いながら言った。

「それじゃ」と義春は織江にではなく、千晶に向かって言った。「千晶ちゃん、しばらくのお別れだけど、元気でいるんだよ」

「おじさまもね」

「うん」義春は軽く鼻の下をこすり、上目遣《うわめ》いに千晶を見つめた。「千晶ちゃん。これは相談なんだけど……その〝おじさま〟っていうの、やめられないかな。僕はもうきみのママと結婚したんだし……ただの〝おじさま〟なんかじゃなくなったんだし……」

「義春さん、って呼べばいいの？　お父さん」

千晶は心もち赤くなりながら言った。義春は志保子と顔を見合わせ、目を丸くした。

「聞いたかい？　今の言葉。彼女、僕のこと、お父さんって言ってくれたよ」

志保子は感動に我を忘れたようになって、わなわなと首を横に振ると、いきなり義春に抱きつき、泣き出した。義春はしっかりと彼女を抱きとめ、千晶に向かってウインクした。「嬉しいよ、千晶ちゃん。ありがとう。ほんとにありがとう」

千晶は困ったように下を向いた。周囲を通り過ぎていく人々が、好奇のまなざしで志保子を見て行く。志保子はそれでも泣きやまず、笑っているのか、泣いているのかわからない皺くちゃの顔をして、子供のように洟をすすり続けた。

「さあ、行くよ、志保子。ほら、泣かないで。せっかくの化粧が取れちゃうぞ」

「ごめんなさい。もう泣かないわ。でもあんまり、嬉しくて。信じられないくらい」

志保子は義春が手渡してやったハンカチで涙を拭《ふ》くと、織江と千晶に向かって、せかせかと微笑みかけた。「泣いてばかりいて馬鹿みたいね。ごめんね。でもあんまり、幸せすぎて、怖いくらい。じゃあ、私、行くわ。千晶、風邪《かぜ》をひかないようにね。お勉強もしっかりやるのよ。織江、この子をくれぐれもよろしく」

「わかりました。確かにお預かりしたわよ。気にしないで行ってらっしゃい」織江はそう言い、義春に向かって儀礼的に会釈《えしゃく》した。「義春さんも気をつけて。楽しい旅行をね」

「ありがとう」義春も儀礼的に微笑んだ。

彼は床に置いてあった紙袋に手をかけた。機内に持ちこむ手荷物らしかった。だが、何か重いものが入っているらしく、持ち上げようとした途端、把手《とって》の部分が一カ所、破れた。袋はバランスを失って傾いた。

袋の中の小物が、ぱらぱらと床にこぼれ落ちた。煙草《たばこ》が数箱、フランスのガイドブック、それに花柄の化粧ポーチ……。

「まいったね」義春は天を仰《あお》いで肩をすくめてみせた。「もうひとつ、袋を買って来なくちゃ。ちょっと僕、買って来るよ。志保子はここにいなさい」

売店に向かって走って行く義春の後ろ姿を見ながら、織江はこぼれ落ちたものを拾ってやった。花柄のポーチを手に取り、志保子に向かっていたずらっぽく微笑みかける。「なくしたら大変。この中、たくさんの化粧品が入ってるんでしょ？　新婚旅行に行って化粧品がまったくなかったら、ちょっとした喜劇になっちゃうものね」

「化粧品が入ってるんじゃないわ」志保子は微笑んだ。「薬がたんまり入ってるの。佐久間織江先生からいただいた胃潰瘍《いかいよう》の薬とか、その他いろいろ」

「ああ、あれ？」織江は驚いて聞き返した。ついこの間まで、志保子はストレス性の軽い胃潰瘍を繰り返していた。実らぬ惨《みじ》めな恋を繰り返してきた志保子は、まず胃に潰瘍ができるのが習慣になってしまったらしい。

「でもね、志保子。なんで、こんな幸せになってまで胃潰瘍の症状が続くのよ。もう大丈夫よ。薬はいらないわ。ついこの間の検査でもずいぶん良くなってたのよ。旅行から帰ったら、きっと全快してるわ。自然に治るものは、自然に任《まか》せておいたほうがいいのよ」

「だめなの、私。きっと幸せすぎて緊張して……症状が出るかもしれない。そんなことになったら大変でしょ。愛を囁《ささや》きながら胃が痛むのをこらえるなんて、最低じゃない。だから毎日、一応、予防のために飲んでおくの。そのほうが安心だもの」

「まあいいわ」織江は医者らしく口をへの字に曲げてみせた。「処方したのは副作用の少ない薬ですからね。でも必要のない時は飲まないほうがいいのよ。薬はどんなものでも無害というわけにはいかないんだから」

「はい、先生。でも完全に治してしまうためにも、お薬はきちんと飲んでおきたいんです」

「殊勝《しゅしょう》な心がけですね。よろしい。主治医として特別に許可しましょう」織江は腕組みをし、大きくうなずいた。ふたりはプッと吹き出し、互いに肩を叩《たた》き合いながら笑った。

義春が戻って来た。他の見送りの人々が新婚夫婦に向かって拍手を始めた。太鼓のバチを打ち鳴らすようなその拍手の音に包まれながら、織江は千晶の腕を取り、目を細めた。

「なんだか感動的なシーンね」織江は囁いた。

千晶は大きくうなずくと、ふっと笑った。

※

志保子の娘、千晶を預かることにした時、織江の中に面倒だな、と思う気持ちがなかったと言ったら嘘《うそ》になる。

むろん、千晶とは彼女が赤ん坊のころからのつきあいだった。初めて二本の足で歩いた時も、初めて「マンマ」という言葉を喋《しゃべ》った時も、志保子と共にそばで見てきた。千晶の父親……志保子の最初の夫が事故で急死した時には、志保子を元気づけるかたわら、まだ幼かった千晶の面倒も快《こころよ》く引き受けた。

小学校入学の時には、入学式用にあでやかな赤いビロードのドレスをプレゼントしたし、中学入学の時にも、モンブランの万年筆をプレゼントした。志保子がブティックの仕事で忙しかったり、どう見てもかなわぬ恋に絶望して荒れ狂っている時などは、黙って千晶を誘い出し、食事を奢《おご》ったり、映画を観せに連れて行ったりもした。

千晶にとって織江は、親戚のおばさん以上に身近な人間であるはずだったし、織江にとっても千晶は気のおけない姪《めい》っ子のような存在だった。

だが、いくら気楽な関係だったとしても、一カ月間、同居を続けるとなると、織江とて覚悟が必要だった。

佐久間内科医院は、隠居してすぐに亡《な》くなった父の代からの患者たちがひしめくようにやって来ていて、昼間は息もつけないほど忙しい。夜は夜で、気になる患者の病院への紹介状を作成したり、学会の報告書に目を通したり、カルテの整理をしたりで、たっぷりした時間など取れたためしがない。他にも全快した患者の家族に食事によばれたり、病院関係のパーティーに招かれたり……で、自分の時間を作ることすら難しいほどだった。他人の大切なお嬢様を責任をもって一カ月も預かるのは、荷が重いというのが正直なところだった。

だが、そんな不安は長くは続かなかった。共に暮らし始めてすぐに、織江は千晶との生活がいかに快適なものであるかをいやというほど知ることになった。

千晶は実に小まめに動きまわってくれた。朝寝坊をすることもなく、毎朝、必ず六時に起き、ベッドをきちんとメイクしてからキッチンに立つ。七時に目覚まし時計をかけ、それでもなかなか起きられない織江がやっとの思いでパジャマのままダイニングに行くと、すでにテーブルにはコーヒーやトースト、キャベツのコールスロー、スクランブルエッグなどがきれいに並び、主人が席に着くのを待っている、といった具合だった。

千晶は七時四十分になるとセーラー服に着替え、「それじゃ、織江さん。行って来ます」と元気よく玄関を飛び出して行く。そして帰宅は判で押したように、毎日午後五時半だった。そして帰ってくると、すぐに着替えて近所のマーケットに買物に行く。千晶の分の食費はすべて志保子から預かっていたので、気にしないでなんでも買っていいのよ、と言っておいたのだが、千晶はやりくり上手の主婦さながらに、質素で堅実な買物しかしなかった。

織江が診療を終えて帰宅するのはたいてい七時半過ぎだったが、そのころにはもう、テーブルの上に家庭料理が何品か載っている。そしてキッチンで味噌汁《みそしる》を温め直しているTシャツにジーンズ姿の美しい少女が、「お帰りなさい」と新妻のように出迎えてくれるのだった。

たまには学校帰りに喫茶店に行き、甘いものでも食べながら、友人と無駄話をしてくるものとばかり思っていた織江は、千晶のそうした真面目《まじめ》さに驚かされた。千晶は少女が熱中しそうな芸能界のアイドルや漫画本、TVの歌謡番組などにはほとんど何の興味も示さず、小遣いで愚《ぐ》にもつかない小物を買って来たり、バーゲンをあさって来たり、まして織江の目を盗んで、夜遊びに出ることもなかった。

夜になって翌日の授業の予習を終えると、彼女は織江のそばにやって来た。そして主人の足もとに寝そべる忠実で気品ある犬のように、おとなしく文庫本を読んで過ごす。たまにヘッドホンで音楽を聞くこともあったが、それは稀《まれ》だった。音楽よりも本のほうが好きらしかった。

風呂に入るのはたいてい十時ころ。風呂からあがると、シャンプーしたての自慢のロングヘアの手入れをし、十一時を過ぎるころには、もう「おやすみなさい」を言いに来る。まったく拍子《ひようし》抜けがするほど、手がかからない少女だった。

織江は内心、ほっとしていた。流行の〝朝シャン〟に始まって、学校に行っているのかいないのか、勉強はほとんどせず、夜は夜でほんのりと煙草とアルコールのにおいをさせながら深夜、こそこそと帰って来るような子供だったら、どうしよう、と思っていたのだ。そんなタイプの子供は、親の留守をいいことに、何をやらかすかわかったものではない。織江は、これまで、つわりなのに母親にそうと言えず、母親に連れられて内科を受診してきた少女を何人も知っていた。

志保子がハネムーンに出かけてから一週間後。織江は千晶が作ってくれたスパゲッティミートソースを食べ終え、「おいしかった」と言ってから、つくづく千晶の横顔を見つめた。

「千晶ちゃん、あなた、いつからこんなにきちんとした子になってたの？」

「きちんとした子、って？」千晶は目をしばたたいた。

「ついこの間まで、実を言うと、志保子から愚痴《ぐち》を聞かされてたのよ。千晶は反抗期らしくて、何も手伝おうとしないんだ、って。そんなものかしら、って思ってたんだけど、こうやって一緒に暮らしてみて、私、本当に驚いてるのよ。あなた、志保子なんかよりもよっぽどしっかりしてるわ」

「ママったらすぐいい加減なことを言うんだから」千晶はくすくす笑って、ミネラルウォーターの瓶《びん》からグラスに水を注《つ》いだ。「それに言ってることが逆なのよ。うちでは私がママのお手伝いをしてるのよ。ママったら何もしないんだもの。だから時々、ママにお説教したわ。少しは手伝ってちょうだい、って。それを反抗期だなんて言うんだから、いい加減よね」

「なんだ、そうだったの。志保子ったら、自分のこと棚に上げて。今度、旅行から帰ったら、とっちめてやらなくちゃね。こんないい娘がいるのに、少しはママらしくならなきゃダメじゃないの、って」

ふふふ、と千晶は唇を尖らせて笑った。「ママは今、幸せの絶頂にいるから、そんなこと言っても聞かないわ、きっと。いいんです。私はママが幸せな顔をしてるのを見てるだけで幸せなんだから」

「あなた、ほんとに素敵な子ね」織江は目を細めた。「ちょっぴり志保子が羨《うらや》ましい。こんな素晴らしい娘を持って。私には子供がいないでしょ。いなくてよかったと思うことも多いけど……千晶ちゃんを見てると、子供がいればよかったのになあ、って思うわ」

「そう？　どうして？」アーモンド型の大きな目が織江を見上げた。

「もし私に娘がいて、あなたみたいな子供だったとしたら、どんなに楽しいかしら、って思うのよ。一緒にお料理作って、一緒に買物に行って、一緒にボーイフレンドの悪口言って……」

「でも、私が織江さんの娘だったら、きっと織江さん、退屈するわ」

「あら、何故《なぜ》？」

「私、ちょっと他の子とは違うんですもの」千晶は意味ありげに微笑んだ。

「違う、ってどんなふうに？」

「うまく言えないけど……私、普通じゃないんですもの。あんまりいろんなことに興味を持てないの。学校でもネクラだって言われてるし……騒々しいことが嫌いなのよね。一人で部屋にこもって本なんか読んでるのが好きだし。洋服にもあんまり興味ないし、それにボーイフレンドもいないし。だから、織江さんの娘になったら、織江さんはきっとがっかりするわ」

時として、思春期にさしかかった少女は、自分が平凡な人間に見られるのがいやで、わざと非凡さを誇張することがあるものだ。千晶の場合もそんなふうに感じられた。織江は大きくうなずき、「人にはいろんな個性があるものよ」と言った。「人それぞれみんな違うの。だからどんな生き方をしようが、それはその人の自由だし、いいとか悪いとか、言えないものよ。部屋にこもってるのが好きだからといって、おかしいことなんかちっともないわ」

千晶は納得したようなしないような顔をして、うなずき、「そうね」と言った。「そうかもしれない」

端整な横顔を見ていると、義春のことが思い出された。もしもこの子が、私と義春がかつて恋愛関係にあったということを知ったら……そう思うと怖かった。志保子に知られること以上に恐ろしかった。まだ男と女の何たるかも知らない無垢《むく》な少女に、そんなことは決して知られてはならない。新しい父が、母親の友人と身体の関係を持っていたと知ったら、どれほどショックを覚えることだろう。

織江は、話題を変えようとして、テーブルの上に身を乗り出した。「ねえ、千晶ちゃん。私には本当のことを言っていいのよ。絶対誰にも言わないから。あなた、好きな人、誰かいる？　いるんじゃない？」

「いやだ、織江さん」千晶は恥じらうように唇を嚙《か》んだ。「そんな人、いるわけないでしょう？　私の学校、女子校なのよ」

「あら、女子校にいたって、好きな人くらいできるでしょう。中学の時の同級生とか、小学校の時の同級生とか……」

「いません、全然。私、そういうことあんまり興味ないの」

「嘘ばっかり」織江はからかった。「千晶ちゃんはモテるんだ、って志保子も言ってたわよ。中学のころはラブレターが山のように来てた、って」

「みんな子供みたいなの」千晶は大人びたしぐさで顎《あご》を上げた。「幼くて、馬鹿みたい。下手くそな字で馬鹿みたいなことしか書かなくて……いつも読まずにゴミ箱に捨ててた」

「でも、中にはちょっといいな、と思った人もいたんじゃない？」

「ラブレターよこしたり、後をつけて来たりするような男に、ちょっといい男なんていないわ。絶対、いないの」

語尾が心なしかきつかった。織江が「おやおや」と言うと、千晶は髪をかき上げて、「ほんとよ」とごまかすように念を押した。「いたためしがないわ」

「後をつけて来たりする男の子もいるの？」

「いる。電車を降りてからずっと、つけて来るとか……。学校の近くで待ち伏せしてるとか……。家にまで来て、まわりをうろうろしてたこともあったけど、そういうのって、気味が悪い」

「そういう時はどうしてたの？　ママに追っ払ってもらってたの？」

「ママはその時間、たいてい家にいないもの。でも私、放っておくの。そのうち諦《あきら》めて帰って行くから」

そう、と織江はうなずいた。うなずきながら千晶の寂《さび》しさを垣間《かいま》見たように思った。志保子はいつも家をあけていたのだ。男と会うために。その間、どれだけ千晶が寂しい思いをしていたか、と思うと、少しやりきれなかった。

「そのうちね」織江はにっこりと笑った。「そのうちあなたは、ママなんかよりもっと素敵な女になって、ママよりも素敵な結婚をするわ、きっと」

「ママよりもいい女になることは事実ね」千晶はけだるい調子でそう言い、水の入ったグラスを両手でもてあそんだ。「だって、私のほうがずっと頭がいいもの」

志保子のように男にだまされない、という意味であるのは明らかだった。織江は確信をこめてうなずき返し、それ以上、志保子を悪く言わないために、後かたづけを始めた。

志保子たちからは、千晶と織江宛に時々、絵葉書が送られて来た。パリからベルギー、オランダ、ドイツを回ってスイスに行くのに、彼らはレンタカーを利用していた。行きあたりばったりの車の旅は、途方もなく楽しそうで、葉書には泊まったホテルのことや食事のこと、途中でタイヤがパンクしたことなどが面白《おもしろ》おかしく書かれてあった。

オランダのハーグから国際電話が入った時は、たまたま千晶が風呂に入っていたため、織江が一人で応対した。志保子は声そのものが桃色に見えるほど甘ったるい喋り方で、いかに幸福な毎日であるか、いかに楽しい旅であるか、いかに義春を愛しているか、いかに愛されているのか、を喋り続けた。

「千晶はどうしてる？　おとなしくしてるかしら」

「大丈夫」と織江は言った。「今、お風呂に入ってるけど。彼女、最高よ。お料理は作ってくれるし、掃除はするし、なんだか申し訳ないくらい。いい子ね、ほんとに。あなたが帰って来たら、千晶ちゃんがどれだけ素晴らしい子だったか、逐一《ちくいち》、報告するつもりでいたのよ」

「よかった」と志保子は言った。「そうよ。あの子、いい子なの。私は自慢できるものなんか、何もないけど、あの子のことだけは自慢できるわ。ああ、あの子だけじゃないわね。今は義春さんのことも自慢よ」

「はいはい」織江は苦笑した。「そうでしょうとも」

「おみやげをたくさん買って行くから、って千晶に伝えてね。ああ、それから主人が今、電話に出たがってるから、ちょっと代わるわ」

断わる間もなく義春が電話口に出て来た。「千晶ちゃんがお世話になります。ありがとう。こっちはおかげさまでとてもハッピーですよ。毎日が天国みたいだ」

「よかったわね。楽しそうな絵葉書もたくさんいただいたし、千晶ちゃんと地図を見ながらおふたりのドライブルートを調べたりしてるのよ」織江は言った。「それにね、今、志保子にも言ってたんだけど、こちらも楽しくやってるわ。千晶ちゃんは本当にいい子で、しっかり者で、とても十六歳とは思えな……」

「織江」義春は低い声で囁くように遮《さえぎ》った。織江は口をつぐんだ。

　少しの間、沈黙があった。電話線を伝って海のざわめきが聞こえたような気がした。

「織江」と彼は小声で繰り返した。「忘れないよ、決して。きみのこと」

　顔が赤くなるのがわかった。織江は慌《あわ》てて「そんな……」と声をひそめた。「そんなこと言っちゃ駄目よ。そばに彼女が……」

「今、トイレに入ったんだ」義春は早口で言った。「彼女には聞こえない」

「でも……」

「一度だけ言っておきたかったんだ。織江。きみは最高だったよ」

「聞かなかったことにする」織江は毅然《きぜん》として言った。「最高なのは志保子のはずでしょ。そうじゃなくちゃいけない」

　ざわざわと海のざわめきが続く。深い溜息が聞こえた。彼は言った。「そうだ。その通りだ。でも言わせてほしい。志保子は別にして……きみは最高だった。生涯でたった一人、愛した女はきみだった。忘れないよ」

「そんなこと……二度と口にしたら……」

「わかってる。これが最後だ。きみにフラれた男が、最後に感謝の気持ちを伝えてると思ってほしい。もう二度と言わない。安心してくれ」

「ええ」織江はふっと肩の力を抜いた。バスルームのドアが開いた音がした。千晶が鼻唄を歌っている。

「ちょっと待ってね」と織江は言った。「千晶ちゃんが、お風呂から出て来たわ。今、代わります。それから……最後にもう一度、言わせて」ごくりと唾《つば》を飲みこむ。「志保子と……末永く幸せにね」

「ありがとう」と義春は言った。むずかる子供が、やっとうなずいた時のような言い方だった。織江は苦笑し、千晶を大声で呼んだ。

テディベアがプリントされたピンク色のパジャマを着た千晶が居間に入って来た。織江は受話器を手渡し、そのままキッチンに入った。

千晶が義春や志保子と何やら楽しそうに喋っている間、織江は水道の蛇口をひねって、両手を洗い続けた。意味のない動作だったが、そうでもしていないと、全身が火照《ほて》って、今にも汗をかき出しそうだったのだ。

だがそれは、義春に対する情熱の残り火のせいではなかった。そんなものはまったく残っていないと確信できた。

彼女はただひたすら、自分の魅力、自分の才能、自分の冷静さ、自分の理性にうっとりしていた。美しいシーンだった、と彼女は満足した。別れた男が、親友と結婚し、ハネムーンの途中で、自分に電話をかけてくる。これが最後だ、二度と言わない、だが言わせてくれ、きみは最高だった……そう伝えたいがために。

冷やした両手を乾いたタオルで拭き、彼女は水から上がったばかりの水鳥のように、ぶるっと身体を震《ふる》わせた。子供じみた満足感だと知っていながら、織江は満ち足りていた。自尊心を満足させること以外、自分は何ものをも求めないだろう、と彼女は思った。過去も現在も、そしてこれからもずっと……。

電話を終えた千晶がキッチンにやって来た。「アツアツね」と千晶は言い、いたずらっぽく肩をすくめた。「聞いてられないわ」

「おみやげ、たくさん買って来るって志保子が言ってたわよ」

「楽しみね」千晶は決められたセリフのようにそう言うと、冷蔵庫を開け、鼻唄まじりに缶《かん》コーラを取り出して勢いよくプルリングを抜いた。

※

奇妙なことが起こり始めたのは、それから二、三日たってからのことである。初めにそのことに気づいたのは、織江のほうだった。

織江の住むマンションは三階建ての低層マンションで、一階の彼女の部屋には五坪ほどの芝生でおおわれた専用庭がついている。決して広くはなかったが、織江は暇《ひま》をみつけては花壇作りに励み、今では、庭に季節ごとの草花が咲き乱れるようになっていた。

道路とは申し訳程度のフェンスで仕切られているだけだったので、防犯上も庭に木々や草花が生《お》い茂っていたほうが都合がよかった。フェンス付近には刺《とげ》の多い薔薇《ばら》を茂らせてある。目隠し用のサツキもあった。よほどその気にならないと、道路から中を覗《のぞ》くことは不可能だった。

そのサツキの植え込みの向こう側に、織江はうろつく人影を見つけたのだ。ちょうど夜の八時ころで、千晶はキッチンで洗い物をしていた。つけっ放しのTVからは、ホームドラマのテーマソングが流れていた。

織江はテラスに出しておいた観葉植物の鉢を室内に入れようとして、居間のサッシ戸を開けた。黒いかたまりが、フェンスの向こうでそろりと動いたのが目に入った。

何だろう、と思って目をこらした。道路には水銀灯の明かりが灯《とも》り、比較的あたりは明るかった。フェンスの植え込みの付近だけが闇に沈んでいる。

じっとしていると、またそろりと黒い影が動いた。猫や犬のようには見えなかった。もっとずっと大きい、丸い影……明らかに人間の頭だった。

織江はそっとテラスに降りてみた。一階には他にもう一世帯あり、左隣りがその家の庭になっていたが、住人は留守らしく、庭も窓も真っ暗だった。道路に通行人の歩く足音も聞こえない。

腰を屈《かが》め、フェンスのほうを凝視《ぎょうし》する。まだ花を咲かせているサツキの葉の間に、黄色いシャツのようなものが見えた。ポロシャツだろうか。

誰かがいる、と思った途端、シャツの上のほうに光るふたつの目が見えた。目は獣のようにこちらを見据えたまま、動かない。

「誰？」織江は恐怖心を抑《おさ》えながら、小声で聞いた。空き巣かもしれない、と思った。それとも下着泥棒？　痴漢？　覗き魔？　どっちみち、怪しい人物であることに間違いない。

「誰なの？　そこで何をしてるの？」

ゴソリという音がした。光る目が動き、サツキの向こうに消えた。その直後、脱兎《だっと》のごとく逃げ出していく足音が響き渡った。スニーカーの音だった。ビニール靴でコンクリートをきしませるような音。

織江は裸足《はだし》のままテラスから庭に降り、フェンスに駆け寄った。首を伸ばし、道路の向こうを見る。遠く左のほうに、黄色いシャツを着た男が走り去って行く後ろ姿が見えた。背の高い痩《や》せた若い男だった。

「どうしたの？　織江さん」

テラスに千晶が立っていた。織江は部屋に戻り、足の裏についた芝を手で払いながら「気味が悪い」と言った。「おかしな男が今、こっちを覗いてたのよ。あそこの植え込みの陰に隠れて」

千晶は無表情に織江を一瞥《いちべつ》した。「おかしな……って、どんな？」

「暗くてよくわからなかったけど、黄色いポロシャツみたいなものを着た若い男よ。背は高かったみたい。誰？　って聞いたら、逃げてったわ」

千晶は唇の端をかすかに震わせた。「若い……って幾つくらい？」

「さあ、よく見えなかったけど、すごく若そうだった。まだ十代くらいね」

そう、と千晶は言った。「いやね。気持ち悪いわね」

織江はうなずき、居間のサッシ戸をきちんと閉めると、ロックした。ただの通りすがりの欲求不満の若い男が、煌々《こうこう》と明かりが灯ったマンションの室内を覗き見ていただけだ、彼女はそう思った。そう思うしかなかった。

だが、フェンスから中を覗く男の影は、それからも続いた。たいてい影が現われるのは夜七時半から八時の間で、織江が試《ため》しに居間のカーテンを開けっ放しにしておくと、影は立ち去ることなく植え込みの向こうでじっとしていた。

「警察を呼びますよ」と怒鳴《どな》ったこともある。玄関から外に出て、そっと道路側に回り、とっつかまえてやろうとしたこともあった。だが、そのたびにいち早く逃げられた。馬鹿にされているような気がして、織江は腹だたしくなった。

警察には何度か訴えようとした。だが、千晶は猛烈に反対した。

「ママが心配するから」というのがその理由だった。「ママにこんなことが伝わったら、すごく心配して、新婚旅行どころじゃなくなるわ。どうせ何でもないことなんだから、大《おお》袈裟《げさ》にしなくてもいいわよ、織江さん」

「志保子には何も言わないでおけばいいじゃないの」と織江は言った。「もしものことがあったら大変だわ。ああいう連中は何をしでかすか、わかったもんじゃないんだから。ただの覗き魔じゃないのかもしれない。放火をするつもりなのかもしれないし……」

「でも私はいや。警察だなんて、そんな大袈裟なこと。かえって怖くなっちゃう」

理屈になっていなかったが、千晶は頑として譲《ゆず》らなかった。かつて父親が事故で急死した時、自宅を訪ねて来た数人のものものしい警官の姿を見て、千晶は気がふれたように泣き叫んだことがあったらしい。警官たちは事故のもようを志保子に伝えるためにやって来たのであるが、幼い千晶には、その異様な雰囲気が何か空恐ろしく感じられたのかもしれなかった。

何が何でも警察を拒否したがるのは、その時の記憶が甦《よみがえ》るせいかもしれない、と織江は思った。そう思うと、無理強《じ》いはできなかった。彼女は折れた。警察は呼ばなかった。

だが、男の影は消えなかった。消えるどころか、ますます距離を縮めてきた。

初めてフェンスの後ろに男の影を見た日から一週間ほどたった或る日のこと。その日最後の患者を診察していた織江のところに、看護師の香川陽子《かがわようこ》が近寄って来て、「先生」と耳打ちした。

「先生にお客さんです」

「誰？」

「高校生の女の子です。千晶さん……っておっしゃる……」

「ああ、彼女ね。待っててもらってちょうだい」

「それが……」

「どうかした？」

「なんだか様子が変なんですけど」

織江はぎくりとしたが、表情に出さず、おもむろにカルテに向かった。「ずいぶん良くなってますからね。気にしすぎると症状が出るのよ。消化のいいものを食べて、普通に生活してください」

「はい。わかりました」見るからに胃腸が弱そうな三十代の男の患者は、かすかに頰《ほお》を赤らめてうなずいた。

患者が診察室を出て行くと、織江は陽子を見上げた。「様子が変って……どんなふうに変なの？」

「真っ青《まさお》で何かおびえてるみたいなんです。あの、お知り合いですか」

「友達の娘なの。今、私のところで預かってる子なのよ」織江は椅子《いす》から立ち上がり、診察室を出た。

人けのなくなった待合室のソファーに、セーラー服姿の千晶が縮こまるようにして座っていた。目は落ち着きなく、玄関のガラスドアの外に向けられている。彼女は織江の姿を見つけると、ほっとしたような、困惑したような複雑な表情をして立ち上がった。

「いったいどうしたの、千晶ちゃん」

「別に」千晶はぎごちなく笑った。痛々しいほど顔がひきつり、端整な顔が思いがけず醜《みにく》く歪《ゆが》んだ。「なんでもないの。ちょっと今日は帰りが遅くなったものだから、織江さんと一緒に帰ろうかな、と思って寄ってみたんです。もう診察は終わったんでしょう？」

「終わったけど……ねえ、あなた、なんだか顔色が悪いわよ。具合でも悪いの？」

「全然」千晶はとんでもない、とばかりに胸を張った。「元気いっぱいよ」

「ならいいんだけど、何かあったのかな、と思って……」

「何もないわ。ねえ、織江さん。今日は外で御飯を食べない？　たまには外で食べるのもいいわよね。私、まだ買物もしてないし、これからお料理すると遅くなっちゃうから」

賑《にぎ》やかな喋り声が不自然に響いた。織江は観察するように千晶を眺めまわしたが、それ以上、質問はしなかった。

香川陽子が出て来て、軽く千晶に向かって会釈すると、医院の表玄関に鍵《かぎ》をかけた。千晶は不安げな顔をして玄関の外を見つめた。

「誰か外にいるの？」織江は怪訝《けげん》に思って聞いた。いいえ、と千晶は即座に答え、持っていた鞄《かばん》を胸に抱えた。そう、と織江はうなずき、着替えて来るから、しばらくここで待っててちょうだい、と言った。千晶は情けないような笑顔を作り、再びソファーに座った。
二、三の電話をすませ、着替えて医院の裏口から連れ立って外に出た時は、すでにあたりは暗くなっていた。織江は車を止めてある近くの駐車場まで千晶を案内した。
「看護師さんて何人いるの？」千晶は聞いた。

「三人よ。これでも多くなったの。父の代のころは一人しかいなかったんだから」

「みんな若い人なんでしょう?」

「そうでもないわ。三人のうち二人は私よりも年上。こういうのって、何かとやりにくいのよ。香川さんていう人だけが、まだ二十代ね。香川さんて、さっきあなたが会った人よ。可愛い人でしょう?」

千晶はうなずき、織江が開けてやった車の助手席のドアから中にすべりこんだ。

佐久間内科医院は私鉄の駅の近くにあるため、周囲に人通りが多かったが、駐車場まで来ると、あたりはひっそりしていた。周囲がぐるりと背の高い塀に囲まれ、塀の向こうは雑居ビルの壁になっている。

運転席側のドアロックをはずし、中に乗り込もうとして、織江ははっと息をのんだ。仄《ほの》暗い駐車場の奥に人影が動いた。影はさっと白い乗用車の後ろに隠れ、それきり見えなくなった。

「誰かいるわ」織江は努《つと》めて冷静に言った。ドアを閉め、ロックする。イグニッションキイを入れ、エンジンをふかしてからヘッドライトをつけた。

ライトの向こうにまた黒い影が動いた。白い乗用車の後部から、頭が覗き、二つの目がこちらをじっと窺《うかが》っているのが見えた。

千晶は小さく叫んで横を向いた。「織江さん！　早く！　早く車を出して！」

車から降り、男をとっつかまえて警察に突き出してやろうか、と思ったのだが、身体が言うことをきかなかった。織江は我知らずおびえているのを感じた。白い乗用車の向こうに見える二つの目は、何やらひどく不気味に見えた。近寄っただけで、いきなり身体を羽《は》交《が》いじめにされそうだった。

織江はアクセルを勢いよく踏み、ハンドルを切った。タイヤが激しく軋《きし》んだ。ヘッドライトの中に一瞬、男の上半身が浮かび上がった。髪を短く刈り上げにした、三白眼《さんぱくがん》の男だった。驚いたことに、男はまだほんの子供だった。

駐車場を出てからしばらく黙りこくったまま車を走らせ、駅前の賑やかなロータリー付近で一時停止させた。あたりは通勤帰りの人々や、人待ち顔で佇《たたず》む若いＯＬたちで賑わっていた。

「千晶ちゃん」織江はハンドブレーキを引きながら、助手席のほうを振り向いた。千晶は小刻《こきざ》みに震えていた。「あなた、あの男のこと、誰なのか、知ってるんじゃない？」

「どうして？」千晶はいかにも芝居じみたやり方で、にこやかに聞き返した。

「あの男、あなたと同じ年くらいに見えたけど」

「知らないわ、そんなこと」

「今日、ひょっとして後をつけられてたんじゃないの？　いいえ、それどころか、何か怖い目にあったんじゃないの？　それで怖くなってあなた、私のところに飛び込んで来たんじゃない？」

千晶は黙って前を向いていた。フロントガラスを通して街のネオンが彼女の顔にまだら模様を作っている。

「ね、千晶ちゃん」織江は口調を和《やわ》らげた。「困ったことがあるのなら、相談してちょうだい。助けてあげられると思うけど」

千晶の肩が浅い呼吸と共に上下した。彼女は唇を噛み、鼻から大きく息を吐き出すと、突然、人が変わったように、ふふっ、と笑った。

「あいつ」と彼女は抑揚《よくよう》のない口調で言った。「私の中学の時の同級生なの。私に惚れていて、それでこんなことを続けてるんだわ。それだけよ」

「それだけ、って……それだけならどうして、あなた、そんなに怖がってるの」

「怖がってなんかない」千晶はせかせかと意地悪そうに言った。「私にはあんな奴、関係ないもの」

「嘘おっしゃい。おびえてるじゃないの」

「そんなことないわよ。おびえてなんかない」

「ねえ。きちんと会って話をしたほうがいいんじゃないかしら。いくらあなたのことが好きだとしても、こんなにしつこく追い回すのはちょっと異常だわ」

「私は何もおびえてなんかないわ」千晶はぐるりと首を回転させて、織江のほうを睨《にら》みつけた。そして低い声でつけ加えた。「おびえているのは織江さんでしょ?」

何か言い返そうとしたのだが、言葉が出てこなかった。冷ややかな視線が織江を包んだ。その目は一切《いっさい》を拒否し、一切を憎もうとしている目だった。織江は唇を舐《な》め、ゆっくりと前を向いて、ハンドブレーキを戻すとアクセルを踏んだ。

※

千晶を追い回している少年の行動には、日増しに異常さが加わってきた。学校帰りの千晶の後をつけるのはもちろんのこと、朝、マンションの前に佇んでいることもあった。追い払うとすぐに逃げて行くのだが、懲《こ》りずにまたやってくる。そして千晶と一定の距離を保ちながら、じっと彼女を見つめることをやめようとしなかった。

また、どうやって調べたのか、織江の自宅に明らかに嫌がらせと思われる無言電話が頻《ひん》繁《ぱん》にかかるようになった。織江が電話に出ると、沈黙している。千晶が出ても同じだった。

千晶は表向き、いつもと変わりなくふるまっていた。中学校時代の担任の先生に相談してみたほうがいいんじゃないの、と何度か言ってみたのだが、千晶は笑ってそれを拒否した。

「頭のおかしい奴なのよ」と彼女は言った。「誰に相談したって無駄よ。放っておけばそのうち諦めるわ」

暴力をふるってきたわけではなし、やっと中学を卒業したばかりの少年を警察に訴えるのも気がひけた。恋心がつのるあまり、何か恐ろしいことをしてくる可能性は考えられたが、しばらく様子を見たほうがいいかもしれない、と織江は思った。

だが、少年は諦めなかった。志保子たちの帰国予定が二日後に迫った日曜日の夜のこと。少年はとっておきの手段に訴え出た。

その時、織江と千晶は、夕食を終えてから、居間でくつろいでいた。織江は医学関係の資料を整理し、千晶はイヤホンをつけてTVを見ていた。見ていたのは『刑事コロンボ』だった。

九時半をまわったころ、テラスに面したサッシ戸にコツコツという音が響いた。初めにそれを聞いたのは織江だった。彼女は千晶の腕をそっと突《つつ》き、イヤホンをはずさせた。

「聞こえた？」

「何が？」

「音よ」

また、コツコツと音がした。千晶の顔が一瞬、こわばった。織江はそっと立ち上がった。不規則な音は続いていた。ガラスをノックしているのに、その途中で力尽きそうになったかのような、弱々しい音。

カーテンを開ける前から、そこに見るであろうものが織江には容易に想像できた。恐怖の感情よりも、怒りのほうが先に立った。甘ったれた常識はずれの餓鬼《がき》を相手に、いつまでも黙っているわけにはいかない。彼女はほとんど腹立ちまぎれにカーテンをわしづかみにすると、ひと思いに開け放った。

闇に沈んだ庭を背にして、少年が両手をガラスにぺたりとつけたまま立っていた。動物園の檻《おり》で立ち上がった熊のようだ。

千晶が短く叫んで後じさった。一瞬、恐怖にかられたものの、織江は勇ましくガラスに向かって指を突きつけた。「出て行きなさい」彼女は怒鳴った。「出て行かないと、警察を呼びますよ！」

少年は口を動かした。異常なほど赤い唇の端から、涎《よだれ》のようなものが糸を引いて流れていく。こぶしを握りしめた両手が、ガラスをどしんどしんと叩き始めた。目はうつろで生気がなかった。白目は完全に濁っていた。

こぶしに次第に力がこめられた。頑丈なはずのサッシ戸が地震の時のように激しく揺れ、ガラスは今にも破られそうに思えた。

織江は再びカーテンを閉ざすと、そのまま電話機に突進した。もう警察を呼ぶしかなかった。相手が少年であろうが、大人であろうが、これは立派な家宅侵入罪にあたる。

110を押し、受話器を耳に押し当てた。きびきびした女の声が「はい、こちら110番」と言ったのと、千晶が身体ごと織江にぶつかってきたのとは同時だった。受話器が床に転がり、千晶の白い指が電話機のフックに押し当てられた。千晶は恐ろしい顔つきで織江を睨みつけた。

「何するの!」織江は怒鳴った。「警察を呼ばなくちゃどうしようもないでしょ」

「だめなのよ」千晶は低く押し殺したような声で言った。「警察は絶対に呼べないの」

その声の裏に織江はたとえようもなく大きな秘密の匂いを嗅《か》ぎとった。織江は一瞬、押し黙った。

ガラスの音が突然、途絶えた。あたりに静寂《せいじやく》が拡がった。千晶は肩を震わせ、床にへばりつきながら織江を睨みつけていたが、やがて我に返ったように姿勢を取り直した。

「わけを話してちょうだい」織江は不安のかたまりを飲みこみ、かろうじて冷静さを保ちながら言った。「話してくれないんだったら、私はやっぱり警察を呼ぶわよ」

沈黙があった。千晶は長い髪を片側だけ耳にかけると、開き直ったように立ち上がり、ソファーにどさりと腰を下ろした。顔は青白かったが、動揺は感じられなかった。彼女は腕組みをし、足を組んで、天井を仰ぎながらじっとしていた。

「もうどうでもいい気分」千晶は姿勢を崩《くず》さずに言った。「どうにでもなれ、っていう感じ。くたびれたわ」

「そうらしいわね」織江はうなずいた。「隠しごとをするのは楽じゃないもの。少々のことでは驚かないわよ。これでも私はあなたの倍も長く生きて来てるんですからね。志保子には黙ってる、って約束する。だから、包み隠さず話してちょうだい」

突然、プッと千晶は吹き出した。そして天井を仰いだまま、身体を揺らして笑い始めた。はすっぱな笑い方だった。「ママには黙ってる、ですって? おっかしい」

「何がおかしいの」織江は千晶の正面の椅子に座った。「何をそんなに笑ってるの」

「ああ、おかしい。涙が出ちゃった」千晶は目をこすりながら、織江を見た。「織江さんたら、私が不良だったとか、暴走族の仲間だったとか、妊娠してた、とか、そんなことを想像してるんでしょ。可愛いんだから、まったく」

むっとしたが、織江は自分を抑えた。彼女は穏《おだ》やかに言った。「話が先よ、千晶ちゃん。是非、聞かせてもらいたいわ」

ふふ、と千晶はふくみ笑いをし、いくらか躊躇《ちゅうちょ》した様子を見せたが、やがて正面から織江を見た。「織江さん、今日が何日かわかる?」

「今日? 六月四日でしょ?」

「織江さんはママたちが二日後に帰って来ると思ってるわよね」

「そうだけど……その予定だったでしょ? それがどうかしたの?」

「それが残念ながら、ふたりそろって元気に帰って来るというわけにはいかなくなったのよ」

「意味がよくわからないけど」織江は力なく微笑んだ。千晶はくすっ、と笑った。

「私ね、ずっと急死の連絡を待ってたの。毎日、ドキドキしてたわ。留守の時に連絡が入るのもつまらないから、たいていここにいるようにしてたしね。私がおとなしい、いい子に見えたのもきっとそのせいよ。でも、全然、連絡はなかったし、時々、元気そうにやってるっていう絵葉書も届いてたし。ああ、まだなんだな、って思って苛々《いらいら》してたの。でも、あと二日の間には、必ず死ぬわ、あいつ」

この子は頭がどうかしてしまったのではないか、と織江は思った。背筋に冷たいものが流れ、それは腰のあたりで痙攣《けいれん》するように止まった。

「冗談を言ってるのね?」織江は言った。「悪い冗談なんでしょ?」

「冗談なんかじゃないわよ。あいつの薬に毒を入れたのは私なんだから」

腰が痙攣して織江は身動きできなくなった。千晶は挑戦的な目で彼女を見つめた。

「こうなったら全部、説明してあげる。まだその時期でもないし、織江さんに喋ってしまうつもりなんか全然なかったんだけど、でも、仕方ないものね。あの馬鹿な男が、こんなふうに目茶苦茶にしちゃったんだから。さっきガラスを叩いてたあの男は、確かに私の中学時代の同級生よ。高校にも行かずにブラブラしてるの。あの子、ずっと私のこと好きらしかったんだけど、他の男の子みたいにラブレターひとつくれたことがないのよ。ちょっと頭のほうが遅れてる子なの。遠くから私のこと憧《あこが》れてただけなのね。それが二カ月くらい前かしら。中学を卒業した後の春休みに、ばったり駅で会ったの」

子供同士の恋愛ごっこの話など聞いている余裕はなかった。織江は「そんなことどうでもいいわ」と言った。「あなた、殺人を計画してたの?」

「話の腰を折らないで、織江さん。すぐにすむから」千晶はだるそうに言った。「駅でばったり会って、ちょっとお喋りしてるうちに、あの子、親の工場の話を始めたのよ。あの子の親はメッキ工場を経営してるの。そこの手伝いをしてる、って話になった時、ひょんなことから、素敵なアイデアが浮かんだのよ」

いやな予感がした。織江は黙ったままじっとしていた。

「メッキ工場には青酸カリがあるでしょ。あの子……ああ、名前は政夫《まさお》っていうんだけど、政夫が言うには、青酸カリって簡単に手に入るんだ、って。工場では人が思うほどきちんと管理されてない、って意味よ。もちろん政夫は自慢話みたいにその話をしただけなんだけど、私、チャンスだって思ったの。政夫に〝ねえ、それほんの少しでいいから私に見せてくれない？〟って言ったらね、彼は、喜んでそうしてくれたわ。耳かき一杯くらいだったけど、紙に包んで私にくれたのよ。その後、政夫はうるさく私につきまとうようになったの。自宅の周《まわ》りをうろうろしたりして……ね。正直言ってちょっと怖かった。織江さんのマンションにしばらく居候《いそうろう》すれば、居場所がわからなくなって諦めるだろうって思ってたんだけど、結局、私の高校までやって来て、後をつけられて、それでここがバレたってわけ。そんなわけだから、今、警察を呼ぶわけにはいかないのよ。政夫はつかまったら、青酸カリのこと、べらべら喋るに決まってるでしょ」

織江は音をたてて唾を飲み込んだ。「青酸カリを……あなた、薬に詰めたっていうの？」

「ええ。あいつ、自分が飲む薬は必ず全部、パッケージからはずして、ピルケースの中に入れておく習慣があるのよ。お気に入りのピルケースがあってね。そこに分けて入れておくのよ。私、あいつが新婚旅行に出る前の日に、そこからカプセルをひとつだけ抜き取って、中身を捨てて、青酸カリを入れといたの。毎日、飲んでれば、いつかはその毒入りカプセルに行きつくわ。でも、まだかまだかと思って待ってるのも辛《つら》いものよ。運が強いのね、あいつ。きっかり三十日分のカプセルを持っていったでしょ。一日三回飲むとして、九十個。そしてあとは二日しかないから、残ってるのは六個だわ。その中に青酸入りカプセルがあるのよ。でもう、時間の問題ね。今頃、口に入れてるかもしれない」

「どうして……」と織江はかすれた声で言った。「どうして義春さんがそんなに……憎いの」

千晶は目を丸く見開き、あはっ、と声をたてて笑った。「いやだ、織江さんたら。誤解してるわ。私が殺そうとしてるのは、義春さんじゃないのよ」

腕に鳥肌がたった。織江は小鼻をふくらませた。「じゃあ……」

「そう。私がカプセルを飲ませようとしてるのはママなの。おわかり？」

空港で志保子たちを見送った時、花柄の化粧ポーチを拾ってやったことを思い出した。胃潰瘍の薬……カプセル……。完全に治すためにも毎日、これを飲むわ、と言っていた志保子。

奥歯ががちがちと鳴り出した。どうしたらいいのか、わからなかった。今、問題にすべきは志保子の身の安全だった。薬を飲むな、とただちに教えなければならない。だが、どうやればいいのだろう。志保子たちは気儘《きまま》なドライブ旅行を続けており、今、どこのホテルに泊まっているのかもわからないのだ。

警察。各国の日本大使館。いや、それよりも自分から志保子が行きそうな国のホテルに片っ端から電話を入れてみたほうがいいのだろうか。

織江が混乱した頭で必死に考えている間、千晶は独白するように喋り始めた。「ママは最低の馬鹿よ。とんでもないほど低能なの。男好きで、男にすぐだまされて、そのたびにギャーギャー泣いて、そのくせ、ちょっときれいなもんだから、男にすぐ言い寄られて、またその気になって、身体を許して、お金を持っていかれて、そして捨てられるんだわ。子供の私の目から見ても、だまされてることがすぐわかるのに、あの人、優しくされただけで、すぐ男になついちゃうの。私のことなんか、かまってくれたことがない。いつも男、男、男。あの人の頭にあるのは男のことだけ。あの人が笑ってる時は、男に優しくされた時で、あの人が泣いてる時は、男に冷たくされた時なの。それだけで生きてるのよ。吐き気がする」

「でも……でも……何も殺さなくたって……」織江は片手で頬を押さえた。考えはいっこうにまとまらなかった。もしかしたら、すでに志保子は死んでしまっているのかもしれない。

千晶は続けた。「殺してあげたほうがあの人のためなのよ。男しか頭になくて、人生なんか何もない人なんだから。義春さんだって、ママのこと本気で愛してるわけじゃないわ。決まってるじゃない。あんなベタベタした中年女のこと、誰が本気で愛する？　今回、ちょっと違うのは、義春さんがかなり利口な男だった、ってことだけよ。だから結婚までしたんだわ。わかる？　織江さんならわかるわよね。義春さんのことなら、何だって織江さんは知ってるはずだものね」

新しいショックが織江を待ち構えていた。彼女は息を止め、身体を硬くした。千晶は淡々と続けた。「うちの電話って親子電話になってるの。一階と二階にそれぞれ電話機があって、どっちの電話機からでも話が聞けるのよね。それで私、聞いちゃったの。たまたま風邪ひいて家にいた時よ。ママはお店のほうに行ってたし、うちに誰もいないと思ってたのね、きっと。義春さん、うちの電話で香川陽子って女に電話してたわ。織江さんの病院の看護師さんでしょ？　義春さん、こう言ってたわ。織江のことなんか、何でもなかったんだよ、あんな女、不感症で最低だった、ただの暇つぶしにつきあっただけだよ、って。ごめんね、織江さん。こんなこと言いたくないけど、結婚してもきみとは別れないぞ、きみは最高の女だ、って。若くて可愛くて、僕の理想の女だ、って。それにね、もっと驚くことがあるの。僕が結婚するのは、志保子に金があるからだ、って。そう言ったのよ。ここまで正直に言えるのもきみだからなんだよ、って。陽子って人は、そんなふうに言われて喜んでたみたい。私、呆《あき》れちゃった。義春さんって、結局、ママのことなんか愛しちゃいなかったんだわ。お金よ、お金。ママはいつだって男にたかられるんだから。そうとも知らずに、有頂天《うちょうてん》になって……だからママって人は……」

後の言葉は織江の耳に入ってこなかった。騒々しく頭の中を空《から》回りする猜疑《さいぎ》心だけがあった。この小娘は嘘をついているのだろうか。しかし、私に恨《うら》みでもない限り、そんな嘘をつく必要はない。それにこの間、医院のほうに来た千晶には、香川陽子のフルネームは教えなかったはずだった。何故、それを知っているのだろう。やはり義春の電話の一件は事実なのだろうか。

だが、理性が織江を現実に引き戻した。義春がどうであれ、今は問題にしている暇はなかった。志保子の命が危ないのだ。

「千晶ちゃん、ちょっと言わせてもらうわ」織江は、気を失いそうになるほどの不安と恐怖と動揺をひたすら押し隠して、胸を張った。こんな小娘に負けてはいられなかった。小娘のたてるずさんな計画がまかり通るほど、世間は甘くはないということを、いやというほど教えてやらねばならない。

「よくぞ教えてくれました、って褒《ほ》めてあげたいくらいだわね」織江は小馬鹿にしたように言った。「まだ間に合うかもしれないわ。私は志保子を助けてあげなくちゃいけないのよ。わかるでしょ。娘に殺されかかってる友達は気の毒で見るにしのびないけど、これも現実なんだから仕方ない。いい？　私は今すぐしかるべき措置をとりますよ」

「しかるべき措置って何よ」

「ただちに警察に来てもらいます。そして国際警察を通して志保子たちの居場所を突き止めてもらわなければ。間に合うかどうかは五分五分……いえ、もっと確率は低くなるかもしれない。でも、やらなくちゃいけない。かわいそうだけど、あなたは連れて行かれるわね。その政夫って男の子と一緒に。未成年だからふたりとも、取り調べが終わったら鑑別所に送られる。すでに手遅れで志保子が死んでいたとしたら、ますます事態は深刻になるでしょうけど。でもね、すぐに死刑になんかならないから安心なさい」

「大袈裟ね、織江さん」千晶は場違いなほど晴れ晴れとした笑《え》みを見せた。「大袈裟にして、いいことなんかちっともないのよ。なんで私がこのことを織江さんに話してるのか、教えてあげましょうか。話しても安全だからよ。当たり前でしょ？」

「安全？　安全のはずがないでしょ。私はすぐに警察を……」

「警察警察ってうるさいのね、織江さんも」千晶は勝ち誇ったように、にっと笑った。

「問題その一。あの胃潰瘍のカプセルをママに渡したのは誰でしょう。答え。佐久間内科医院の院長、佐久間織江さんです。ピンポーン。正解。問題その二。織江さんにはどんな動機があったでしょう。答え。愛する義春さんをママに取られたから。ピンポーン。大正解」

　抑えていた怒りが爆発しかかった。織江は椅子から立ち上がり、目の前の、生意気な恐ろしい悪魔のような小娘を張り倒してやろうとして、千晶に一歩、近づいた。

　閉じたカーテンの向こうに、再びコツコツとガラスをノックする音がしたのはその時だった。織江はギョッとしたが、千晶は冷静そのものだった。

「政夫だわ」千晶は言った。「ちょうどいいから、入れてあげましょうよ。織江さんも、あの子に興味があるでしょ？　いろいろ聞きたいことがあるんじゃない？　私の言ってることが本当なのかどうか、って。でも時間の無駄よ。私は本当のことしか喋ってないんだから」

　感情的になってはいけない、と織江は自分に言いきかせた。今、感情的になったら千晶の思う壺《つぼ》だ。

　織江はカーテンを開けた。少年が哀願するような顔で室内の千晶を見つめていた。今はこの少年にいてもらったほうがいい、と織江は判断した。少年はどう見ても千晶ほどのワルには見えなかった。千晶の言う通り、何も知らずに惚れた弱みで千晶に青酸カリを渡しただけなのだろう。少年を先にこちらサイドに丸めこみ、いかに異常なことが起こったのかを教えて、ふたりまとめて自首させるのが一番まともな方法のように思えた。志保子のことは心配だが、未成年者の犯罪に関わってしまった以上、彼らの扱い方にも万全の気配りをする必要があった。

織江はサッシ戸のロックをはずし、戸を開けてやった。「お入んなさい」

少年はおどおどと佇んだまま、顔を赤らめた。織江の態度が豹変《ひょうへん》したことに戸惑《とまど》っている様子だった。千晶はそっぽを向いたままだ。

「お入んなさいよ」織江は繰り返した。「話は聞いたわ。あなたとちょっと話がしたいの」

政夫というその少年は、上目遣いに織江を見つめ、黙ったままスニーカーを脱いで居間に入って来た。白のポロシャツに汚れたジーンズ。猫背気味の背中が、卑屈なまでに丸まっている。彼はのっそりと室内に入ると、隅のほうに縮こまりながら立ちつくした。

「あんたのせいよ」千晶が無表情に言った。「あんたが私を追いまわすから、こんなことになったんだわ」

政夫はとろんとした目をぱちぱちさせて、千晶のほうを見た。言われている意味がわからないらしかった。

千晶はふんと鼻を鳴らし、「喉《のど》が渇いちゃった」とつぶやくと、さっさとキッチンに入って行った。残された織江は、政夫をソファーに座らせ、「困ったことになったわね」と言った。政夫はソファーに浅く腰をおろし、実験用のウサギのように、びくびくとあたりを見回した。

「あなた、自分がどんなことをしたのか、わかってるんでしょ?」織江はぴしりと言った。

政夫は大きな身体を小さく丸め、「俺……俺……」と言った。「千晶ちゃんと話がしたくて……千晶ちゃんにあやまりたくて……でも、千晶ちゃんは全然、俺のこと好きじゃないみたいで……でも、俺、千晶ちゃんが好きだから……一緒にいたくて……」

人の家の庭を覗いたり、駐車場で待ち伏せたり、ガラス戸を叩いたりするような男の声にしては、信じられないほどか細く、情けない声だった。織江は内心、ほっとした。この分だと、無意味に狂暴になることもないだろう。政夫は千晶が言っていた通り、少し頭のほうが遅れ気味であるらしかった。言葉が明瞭ではなく、ほとばしる感情だけが意味のない単語になっている。

織江は少し態度を和らげた。「残念ね。もう手遅れかもしれないわ」

政夫はうつむいたままじっとしていた。織江は続けた。「とんでもないことをしてくれたものね。これであなたの人生は目茶苦茶よ。もちろん千晶ちゃんの人生も、だけど」

「俺、千晶ちゃんが好きなんだ。だから俺……」

顔をあげた政夫の目に大粒の涙が浮かんだ。まるで幼児だった。こちらが言っていることの意味が伝わっている様子がない。

千晶が戻って来た。手にした小型のトレイには、コーラが入ったグラス三つが載せられてある。

「無駄よ、織江さん。政夫はいつもこの調子なの。好きだ、好きだ、ってそればっかり。話になりゃしない。ねえ、ひとまずコーラでも飲まない？　ギャーギャー騒いでたって疲れるだけだわ」

千晶はまず織江の前にグラスを置き、次いで政夫に向かってグラスを差し出した。政夫の淀《よど》んだ目に光がさした。彼は千晶のくれるものなら、グラスまで食べつくしそうな勢いでそれを手にすると、大事そうに両手で持ちながら口もとに近づけた。

或るたとえようもない恐怖が織江の中に湧きおこった。それは考えてもいなかったことだった。だが、可能性として充分、あり得ることには違いなかった。

いけない。それを飲んではいけない。千晶はまだ残りの青酸カリを持っているかもしれない。そしてそれがグラスの中に入ってるかもしれない。

あまりの恐怖に織江は口がきけなくなった。彼女は政夫のグラスを払い落とすつもりで椅子から立ち上がった。だが、遅かった。政夫はあっという間にグラスに口をつけ、喉を鳴らして中の黒っぽい液体を二口ばかり飲んだ。

叫ぼうとするのだが、声が出ない。両足が氷のようにこわばっている。

千晶の顔に緊張が走った。織江は信じられない思いで千晶を凝視した。だが千晶は織江のほうなど見てはいなかった。

「ねえ」と千晶はかすれた声で言った。「あんた、口の中がおかしくない？」

政夫は「ううん」と馬鹿みたいに嬉しそうに首を横に振った。「おいしい」

千晶は押し黙った。政夫は赤い唇を舌でひと舐めすると、「俺、俺……」と言った。「あやまろうとしてたんだよ。千晶ちゃんに。だってやっぱり、千晶ちゃん、怒ってたんだ。あやまろうと思ってたのに、千晶ちゃん、ちっとも俺のこと……」

「何が言いたいのよ」千晶はうわの空で言った。目は今か今かと、政夫の最後の断末魔の瞬間を待ち望んでいる。政夫は、だが、いっこうに苦しみ出す気配はなかった。

織江は震える足を横に伸ばし、少しずつ電話機に向かってにじり寄った。受話器を持ち上げるだけの力が残っているとは思えなかったが、それでもそうする必要があった。ただちに、今すぐ、警察と救急車を呼ばなくては。そして、この生娘《きむすめ》の仮面をつけた殺人鬼を連れて行ってもらわなければ。

少しずつ、少しずつ、身体が電話機に近づいていく。呼吸が止まるように思われた。織江は気が遠くなるのを感じながら、電話機を引き寄せた。

「俺さ」政夫がのんびりした口調で言った。「俺さ、やっぱり怖かったんだ。だってさ、あれを持ち出す時、おやじに見つかったら、俺、大変だから。だから、俺、千晶ちゃんに渡した時……」

「じれったいわね。何が言いたいの。早く言わないと、あんた……」

「あれ、青酸カリじゃなかったんだよ」政夫は申し訳なさそうに千晶を遮った。彼は仏像のような穏やかな笑みを浮かべてみせた。

「小麦粉だったんだ」

政夫がそう言った途端、一切の時間が止まってしまったように思われた。受話器をはずそうとした織江の手が宙に浮いた。彼女はゆっくりとふたりの少年少女をふりむき、目を見開いた。

千晶は身動きひとつしなかった。政夫は「ごめんね、ごめんね」と繰り返した。織江はこみあげてくる笑いと必死になって闘った。小麦粉！　小麦粉ですってよ！　志保子は胃潰瘍のカプセルの代わりに、小麦粉を飲み込んだってわけよ！　そして、この哀れな少年は、小麦粉入りのコーラを飲んだってわけ。

笑いは我慢の限界を超え、決壊したダムのように喉からほとばしり出てきた。織江は腹を抱えて笑いころげ、咳《せ》きこみ、涙を浮かべ、それでもまだ笑い続けた。

政夫は怪訝な顔をして織江を見たが、その顔には、自分が何か途方もなく面白い冗談を言ったのかもしれない、という満足げな表情が浮かんでいた。

「だからさ、千晶ちゃん。怒らないで」と政夫は言った。「今度は本物を持って来たよ。大変だったんだよ。おやじが寝てる時、こっそり盗んだんだ。千晶ちゃんが、見たい見たい、って言うもんだから、やっぱり本物を見せてあげないと、千晶ちゃん、怒っちゃうもんね。これでもう、怒らないよね。これを渡してあげたくて、ずっと俺、千晶ちゃんのこと……後つけたりしたけど、でも、全然、千晶ちゃんは俺のこと……。ほら、これだよ。これは本物だよ。見てごらん」

政夫はポロシャツの胸ポケットから、ビニール袋に入れて小さく折りたたんだ白い粉末を取り出した。千晶は何も見ていなかった。彼女はわなわなと震え出し、ちらりと織江のほうを見ると、両手で頭をかきむしった。美しい顔が皺くちゃになり、その歪んだ口もとから、悔《くや》しさを隠しきれない金属的な叫び声がもれ始めた。

織江はまだ止まりそうもない笑いをひとまず飲み込むと、つかつかと政夫のそばに寄った。

「それをこっちに渡しなさい。政夫君」

政夫はきょとんとした顔をしたまま、織江がつかみ取っていった粉末の袋の行方《ゆくえ》を目で追った。

「これはたった今、私がトイレに流してしまうわ。もう子供の遊び時間は終わったの。いいわね？　こんな馬鹿なことは二度としちゃダメ。わかった？」

袋の中には、耳かき一杯分どころか大きなスプーンに一杯分ほどの青酸カリが入っていた。織江は袋を手に居間を出て、トイレに走り、便器の蓋《ふた》を開けて、勢いよく何度も水を流した。

袋はそのまま、着ていたジャンパースカートの大きなポケットの中に収めた。

※

二日後、志保子と義春が元気に帰国して来た。千晶を引き取りにふたりがそろって織江のマンションを訪れた時、織江はふたりを歓待した。

旅行のみやげ話をする志保子は、少し太ってますます色っぽくなったようだった。一方、義春はすっかり亭主気取りで、そんな志保子に今後のブティック経営のことなどを説いて聞かせた。

三人がいとまを告げようとした時、織江はさりげなく義春に向かってこう言った。「義春さんも若いとは言えない年齢だわ。どう？　うちで簡単な健康診断をやってみたら？　成人病は早期発見が大切なんですよ。志保子と長生きするためにも、健康には気を配らなくちゃ」

「それがいいわ、あなた」志保子が甘ったるい声で言った。「織江は私たちの主治医なんだもの。安心して健康管理を任せましょ」

「そうだな」と義春は簡単に応じた。「ひとつお願いするか」

十日後、佐久間内科医院に義春がやって来た。織江は普段通り、健康診断を受ける患者として義春を扱い、血液検査、バリウム検査、心電図などのチェックをした。

翌日、結果が出た。思っていた通りだった。特別な健康管理をせずに四十になった男には、探せば間違いなく何らかの故障がみつかる。

織江は義春に、立派な肝機能障害が認められた、と報告した。でもまだ、充分、治せる段階だから、薬を定期的に飲んで治してしまいましょう、と。

薬はカプセル状のものにした。用意させたのは看護師の香川陽子。薬の説明をするからと言って、陽子に診察室にまで薬を持って来させ、義春とふたりきりになると、彼の見ている前でシートからカプセルを次々に取り出してみせた。そして、美しいガラス瓶にパラパラと振り落とす。瓶の中にはあらかじめ別に用意しておいたカプセルがひとつ……。

「この瓶は私からのプレゼント。どう？　きれいでしょ。薬もきれいな瓶から取り出して飲んだほうが、気持ちがいいかと思って」

ありがとう、と義春は言い、意味ありげなウインクをしてみせた。「特別サービスにあずかることができて光栄だな」

織江は愛情をこめて、ウインクに応《こた》えた。

カプセルは全部で三十個。十日分だった。青酸入りはたったひとつ。さて警察は誰を犯人にするだろう。

織江は冷静に考えた。私はすぐに千晶から聞いた恐ろしい殺人計画の話を警察に教える。政夫は政夫で、バカ正直に警察に千晶から青酸カリを頼まれたことを告白するだろう。薬を渡したのは陽子だ。陽子は義春と深い関係にあるのだから、当然、陽子も疑われる。

嫌疑がかけられるのは、千晶、陽子、私……の順。成功率は六十パーセント……と織江は思った。そこまで冷静に計算できる自分に満足した。結果がどう出ようが、素直に受け入れる覚悟はできている。私は、理性的で冷静で頭のいい佐久間織江なのだ。自尊心を保つためなら、何だってやれる腕のいい女医、佐久間織江。

織江はほくそえんだ。私のことを不感症で最低で、ただの退屈しのぎに過ぎなかった、などと新しい愛人にぼやいてみせた義春。あの男に、一服、盛ってやることができたのだから、それでいい。もう他に望むことは何もない。

あとがきに代えて

読者は時に、素朴な質問を投げつけてくる。たとえば、こんなふうに。

「どうしていつも、気味の悪い、ぞっとするような話ばかり書くのですか。あなたの書くものの中には、明るくてホッとさせられるような話は一つもないですね。いつもいつも、そんなことばかり考えて生きていらっしゃるわけですか。どうして暗い話が好きなんですか。子供のころからずっとそうだったんですか」

むろん、こうした質問を発する人は悪意で聞いているわけではない。単に私という人間に興味があるだけだ。どんな日常生活を送っているのか……朝は何時に起きて、コーヒーを何杯飲むのか、仕事の前にジョギングをするのか、料理は何が得意なのか、好きなTV番組は何なのか、夜は何をして過ごすのか、カラオケをやることはあるのか、犬と猫ではどっちが好きか……そうしたことを知りたいだけなのである。〝気味の悪い〟〝ぞっとするような話〟ばかり書きたがる作家が、ふだん、どんな生活を送っているのか、覗《のぞ》いてみたいだけなのである。

だから、私が正直に自分の日常生活を教えてやると、かえってびっくりされたりする。

「ふつうの方だったんですね」と、彼らはホッとしたように打ち明ける。「実は私、ふつうの方じゃないんじゃないか、って思ってました。つまり、その……ちょっと病的な方なのではないか、と……」

私は長編小説の場合にはさまざまなテーマで作品を書くが、短編の場合は決まって日常の恐怖を題材にする。誰しもが体験する、生活の中の落とし穴。生理的恐怖に訴えるようなタッチが好みなので、いくらか病的な色合いも生まれよう。そのせいか、一般読者には、時としてこうした印象を持たれることがあるらしい。

とはいえ、作者としては、読者のそのような反応を面白《おもしろ》がっているところもある。恐怖と嫌悪感とは紙一重《ひとえ》。怖い話、気味の悪い話には、うしろめたいような好奇心と共に、必ず嫌悪感がつきまとう。病的な精神を持っている作家だと思われるのも、ある意味では名誉なことかもしれない。

私の作品には、ドラキュラやモンスターや人食い男は出てこない。登場するのは、どこにでもいる、読者と等身大の人間ばかり。舞台にいたっては、どこに設定してもかまわない。あなたの住んでいるそのアパートの部屋、いつも通りかかる住宅地の一角、あの街角、あの駅、あの店、あの曲がり角……。

恐怖はどこにでも生まれ得る。ちょっとした時間のずれ、運命のいたずらが、人を突然、落とし穴につきおとす。後には何も残らない。はい、おしまい。ジ・エンド。救いもなく、希望もない。かろうじて残されるのは、皮肉だけ。私が短編ミステリーで好んで書くのは、そうした物語だ。

考えてみれば、昔から人を怖がらせることが好きだった。人が眉《まゆ》をひそめ、それでも膝《ひざ》を乗り出して話の続きをせがむような表情を浮かべるのを横目で見ながら、見てきたような怪談話を話して聞かせるのが好きだった。これは今も変わらない。今後も変わらずに作品の中に反映されていくことだろう。

本書は、一九八九年に実業之日本社から刊行された。短編集としては四冊目にあたる。収録された六つの作品の中で、「追いつめられて」だけが、超常現象的なものを扱った恐怖小説になっているが、他の五作品はいずれも心理サスペンスである。

とりたてて風変わりな小説は一本もない。毎朝、読者諸氏が口にする歯ブラシの上の練り歯磨き。譬《たと》えて言えば、そんなものだ。どれも同じ匂い、同じ色、同じ味をしている。ただ、ほんの少し、各作品に異《こと》なった刺激を加えてみた。舌をぴりりと刺す刺激。その刺激を感じてもらえれば、作者としては嬉《うれ》しい限りである。

一九九二年十二月

小池真理子

新装版　あとがきに代えて

本短編集が祥伝社文庫（ノン・ポシェット）として刊行されたのは、一九九三年。四六判出版は一九八九年で、小説誌連載は、さらにその前に遡《さかのぼ》る。

以来、三十数年の歳月が流れていった。時代は恐ろしい速さで変わり続け、気がつけば私もすっかり年をとった。

大昔の自作を読み返すのは、半《なか》ば怖くもある。今頃になって途方もない未熟さに気づかされ、顔を赤らめたくないからである。

だが、幸か不幸か、本作品集に収録したいずれの短編も、私は物語の内容をほとんど覚えていなかった。書いた本人が忘れている、というのは驚き呆《あき》れるような話ではあるが、見知らぬ作家が書いたもののようにして純粋に楽しめたのは、思わぬ僥倖《ぎようこう》であった。

当時、まだ日本では主流になれずにいた心理《かたひじ》サスペンスの醍醐味《だいごみ》を存分に味わえる作品集にしようと、作者である私は毎回毎回、肩肘はって必死になって、目を血走らせて書いていた。

まだ充分、若かったころの自分自身が甦《よみがえ》る。懐《なつ》かしさのあまり、鼻の奥がつんとしてくる。

三十年もの、気が遠くなるような長い時間を経て、新たな化粧直しを施《ほどこ》してくださった祥伝社の編集者諸氏に、心からの感謝を。

二〇二二年　盛夏

小池真理子

（この作品『追いつめられて』は、平成元年十一月、実業之日本社から『窓辺の蛾』として四六判で刊行されたものを改題し、平成五年一月に祥伝社文庫より刊行したものを、大きな文字に組み直した「新装版」です）

追いつめられて

一〇〇字書評

切り取り線

購買動機（新聞、雑誌名を記入するか、あるいは○をつけてください）	
□（　　　　　　　　　　　　）の広告を見て	
□（　　　　　　　　　　　　）の書評を見て	
□ 知人のすすめで	□ タイトルに惹かれて
□ カバーが良かったから	□ 内容が面白そうだから
□ 好きな作家だから	□ 好きな分野の本だから

・最近、最も感銘を受けた作品名をお書き下さい

・あなたのお好きな作家名をお書き下さい

・その他、ご要望がありましたらお書き下さい

住所	〒				
氏名		職業		年齢	
Eメール	※携帯には配信できません	新刊情報等のメール配信を 希望する・しない			

この本の感想を、編集部までお寄せいただけたらありがたく存じます。今後の企画の参考にさせていただきます。Eメールでも結構です。

いただいた「一〇〇字書評」は、新聞・雑誌等に紹介させていただくことがあります。その場合はお礼として特製図書カードを差し上げます。

前ページの原稿用紙に書評をお書きの上、切り取り、左記までお送り下さい。宛先の住所は不要です。

なお、ご記入いただいたお名前、ご住所等は、書評紹介の事前了解、謝礼のお届けのためだけに利用し、そのほかの目的のために利用することはありません。

〒一〇一－八七〇一
祥伝社文庫編集長　清水寿明
電話　〇三（三二六五）二〇八〇

祥伝社ホームページの「ブックレビュー」からも、書き込めます。

www.shodensha.co.jp/bookreview

祥伝社文庫

追《お》いつめられて　新装版《しんそうばん》

令和 4 年 9 月 20 日　初版第 1 刷発行

著　者　小池真理子《こいけまりこ》

発行者　辻　浩明

発行所　祥伝社《しょうでんしゃ》

東京都千代田区神田神保町 3-3
〒101-8701
電話　03（3265）2081（販売部）
電話　03（3265）2080（編集部）
電話　03（3265）3622（業務部）
www.shodensha.co.jp

印刷所　萩原印刷
製本所　ナショナル製本
カバーフォーマットデザイン　芥 陽子

造本には十分注意しておりますが、万一、落丁・乱丁などの不良品がありましたら、「業務部」あてにお送り下さい。送料小社負担にてお取り替えいたします。ただし、古書店で購入されたものについてはお取り替え出来ません。

Printed in Japan ©2022, Mariko Koike ISBN978-4-396-34838-0 C0193